中华优秀传统文化是炎黄子孙共同的精神家园

王阳明诗文选译

吴　格　译注
章培恒　审阅

古代文史名著选译丛书

（珍藏版）

主编　章培恒　安平秋　马樟根

凤凰出版社

图书在版编目（CIP）数据

王阳明诗文选译 / 吴格译注. -- 南京：凤凰出版社，2017.1（2018.4重印）
（古代文史名著选译丛书：珍藏版 / 章培恒，安平秋，马樟根主编）
ISBN 978-7-5506-2491-7

Ⅰ. ①王… Ⅱ. ①吴… Ⅲ. ①古典诗歌－诗集－中国－明代②古典散文－散文集－中国－明代 Ⅳ. ①I214.82

中国版本图书馆CIP数据核字(2016)第255699号

书　　名	王阳明诗文选译
主　　编	章培恒　安平秋　马樟根
译 注 者	吴　格
责任编辑	郭馨馨
装帧设计	姜　嵩
出版发行	凤凰出版社(原江苏古籍出版社) 发行部电话025-83223462
出版社地址	南京市中央路165号,邮编:210009
出版社网址	http://www.fhcbs.com
照　　排	江苏凤凰制版有限公司
印　　刷	苏州市越洋印刷有限公司 苏州市吴中区南官渡路20号　邮编:215104
开　　本	850×1168毫米　1/32
印　　张	6.75
字　　数	140千字
版　　次	2017年1月第1版　2018年4月第2次印刷
标准书号	ISBN 978-7-5506-2491-7
定　　价	34.00元

(本书凡印装错误可向承印厂调换,电话:0512-68180638)

目 录

前 言

王守仁，字伯安，浙江余姚人。生于明宪宗成化八年(1472)，卒于明世宗嘉靖七年(1528)，年五十七。因曾于故乡阳明洞聚徒讲学，自号“阳明子”，当时及后世学者都称他为阳明先生。

阳明的先祖王性常，明初曾任兵部郎中，后赴广东督运军粮，归途遇海盗殉职。此后数代，皆在乡耕读，没有出仕。祖父王伦，守着祖上遗留的数簏图书，啸咏竹林，被人目为晋代陶渊明一流的人物。父亲王华，早年也备尝贫苦，与夫人郑氏艰难起家，虽然在成化十七年(1481)中了进士第一名，官至南京兵部尚书，景况略有好转，不久又因阳明得罪权臣刘瑾，被迫致仕，抑郁以终。这样的家庭传统，对于阳明刻苦自励、锐于进取、独立不羁、敢于藐视权威之精神的养成，具有相当影响。

阳明自幼天资聪颖、深思好学，相传年仅五岁，听祖父朗读诗书，即能默记在心，跟着背诵。十一岁时，因父亲在京任职，随祖父前往探亲，路过镇江金山寺，祖父与客人即景赋诗，正在沉吟未就之时，阳明却已将诗作成：

金山一点大如拳，打破维扬水底天。
醉依妙高台上月，玉箫吹彻洞龙眠。

众客大为惊异，又出题叫他咏蔽月山房。阳明稍加思索，朗声应道：

山近月远觉月小，便道此山大于月。
若人有眼大如天，便见山小月更阔。

不仅才思敏捷，气魄非凡，从中又透露出阳明善于观察与思辨的性格特征。

到了北京，阳明接触到京师的文物和父辈友人，眼界扩大，性格更为豪迈不羁。父亲为他延请塾师，严加管教，作封建时代士子读书求仕的准备。阳明对科举时文颇感厌烦，有一天问塾师：什么是第一等的事情？塾师答：那当然是读书登第（考中）了。可是阳明却不以为然，说：登第恐怕还算不上是第一等的事，还是读书学作圣贤更重要！父亲身为状元，这是千万学子梦寐以求的理想，阳明小小的心灵里，竟未觉得了不起，而认为只有通过读书成为圣贤，完成自己的品德与人格，才是天地间第一等的事，才算是天地间的第一等人。这种强烈地希望成为“圣贤”的理想，此后主宰了阳明的人生。

十五岁的时候，阳明游历了长城居庸关等处，周览形胜，“慨然有经略四方之志”。阳明所处的时代，各地少数民族与汉族的冲突不断发生，南方的黔、桂、粤、闽、赣等地，时有动乱出现；北方蒙古族的瓦剌部落不断南侵，对中原造成极大危害。阳明受时势的影响，加以父亲任职兵部，因而也喜欢谈兵，“每遇宾宴，常取果核列阵势为戏”。兵书以外，阳明又博涉孔孟经书、程朱理学、佛道等书，用以扩充自己的知识。这一时期的阳明，志向远大，兴趣广泛，生命中蓬勃着强烈的求知欲，精神上表现得十分执着和狂放。对于凡能接触到的学问，他都有着浓厚的兴趣，有时竟至痴迷的地步。十七岁时赴江西南昌迎娶新妇，成婚之日，漫步走进当地一座道观，看到一位道士在打坐，激起好奇之心，便向道士叩问养生之道，并随着静坐练习，以至忘却了回家，直到第二天早上才被人寻回。二十一岁成为举人后，阳明在京师研读宋儒朱熹的理学著作，为了体会朱熹"格物致知"的学说，与友人坐在父亲官署内的竹林前苦思，要"格"竹子的理。未能获解，坚持不辍，友人在三日后病倒，阳明坚持到第七日，也终因劳思过度而致疾。按照朱熹的说法，世间的一草一木都包含着各自的道理，通过"格物"就可"致知"，阳明未能领悟，就转而用心于诗文词章的创作。三十岁以前，他在京师与诗坛领袖李梦阳、何景明等人诗酒倡和，"以才名相驰骋"；回到故乡，则与同乡喜好诗文者组织诗社，连素来自负的老辈也都对他表示钦服。但是诗文成就并不能满足阳明的志向，"辞章艺能，不足以通至道"，他内心渴求的，仍是所谓"希圣希贤"之学，但苦于未能找到入手的途径，深感朱熹所说的"物理"与自己的意识难以沟通，苦思既久，抑郁成病，偶然听到道士谈养生之道，一度产生了入山隐居的念头。

弘治十二年(1499)春，二十八岁的阳明考取了进士。次年，授为刑部主事，从此步入仕途。当时边疆地区时有战乱，阳明考察形势后，立即上疏陈言边务，向皇帝提出"便宜八事"："一曰蓄材以备急；二曰舍短以用长；三曰简师以省费；四曰屯田以足食；五曰行法以振威；六曰敷恩以激怒；七曰捐小以全大；八曰严守以乘蔽。"封建时代的官员上疏言事，除了向统治阶级建言立策，也含有向皇上显示自己才具谋略的用意，纸上所谈，虽合于事理，却未必都能见诸实行。从阳明日后参与军事行动时所建立的“事功”来看，他对于“治国平天下”的理想，是深有积蓄并能亲身实践的。

此后数年中，阳明的主要活动为：二十九岁时任刑部云南清吏司主事，曾奉命到江北审问囚犯，对冤案多所平反。公事完毕后游安徽九华山，作赋言志，气势磅礴，要做超越宇宙、独往独来的异人。三十三岁时前往山东主持当年乡试，回任后改任兵部主事。三十四岁时，与著名学者湛甘泉在京师订交，共以倡明“圣学”为事，并开始与友人、学生一起讨论有关“身心”的学问，被人认为是好奇立异。

正德元年（1506）武宗即位，这是历史上一位有名的昏君，骄恣横暴，无恶不作。当时宦官刘瑾擅权，南京科道戴铣等人上章谏阻，违背了武宗旨意，被逮捕入狱。科道官员本有犯颜上谏的职责，阳明出于义愤，抗疏上救，结果触怒刘瑾，受了廷杖四十的酷刑，死而复苏，也被下在监狱。不久，被贬到万里之外的贵州龙场驿去做驿丞。次年夏天启程赴黔，刘瑾余恨未消，遣人跟踪，图谋在途中加害阳明。阳明行至浙江，弃衣于钱塘江畔，托言已投江而死。一路辗转跋涉，历经艰危，终于在正德三年（1508）夏到达龙场，时年三十七岁。

阳明中年遭贬远谪龙场驿，是人生的重大转折，也使他的思想发生蜕变，并进入成熟期。按照孟子的意见，一个人要成为圣贤，必须经过“苦其心志，劳其筋骨，饿其体肤，空乏其身，行拂乱其所为，所以动心忍性，增益其所不能”的磨炼，而这种磨炼，除了主观愿望以外，还须客观环境的造就。阳明谪戍以前，少年时才气蓬勃，青年时志向远大，曾致力于诗文创作，又钻研佛道之学，尤其对朱子“格物致知”学说下过苦功，希望能以自身的内心体验，完成个人的哲学观和道德修养，但是始终没有成功。他感到苦恼的是，朱熹所说的事物之“理”，与自己的本心，总是不能融而为一。再说，照着朱熹的格物穷理方法，即使把竹子、草木的“外理”格得明明白白，又能对内心产生什么影响？长久积压的疑团，经过在龙场的艰苦磨炼和思索，终于获得了解答。

龙场位于贵州北部丛山峻岭中，是由贵州通往四川的驿程上的一个小站，瘴疠侵人，荆棘遍地。当地居民大多为言语难通的苗民和少数来自中原的亡命之徒，文化落后，生活艰苦。从中原来到这里的迁客，十有八九不能适应当地的艰苦生活。阳明身受廷杖，远谪异乡，本是九死一生之人，此时自觉已将生死荣辱置之度外。听说刘瑾仍对自己憾恨不已，他特意造了一口石棺，自誓说：吾唯俟命而已。表示自己不仅放弃了常人的得失计较，连生死的念头都已打消，于是“日夜端居静穆，以求静一，久之胸中洒洒”，也即排除了胸中的杂虑而进入气度恢弘、无所粘滞的境界。苗民以洞穴为居处，阳明教他们构筑木屋；随从的人相继病倒，阳明却安然无恙，他为病人劈柴挑水做饭，又咏诗歌，唱俚曲，杂以诙谐笑谈，给他们以娱乐安慰。阳明深夜内省：如果圣贤处于我的地位，他们将怎样对付这种环境呢？恐怕也只是像我这样做吧！突然他大彻大悟了，长期以来苦恼着自己的忧虑顿时消去，他欢呼着跳跃而起，惊喜交集，从此对“格物致知”有了自己的解释。这就是阳明的“龙场悟道”。

那么，阳明所悟到的是什么呢？他从自己的经历中，体会到了个人的"心"的巨大作用——他处在这样的逆境里而能做得和圣贤同样地好，不就是受到自己的"心"的启示、依据"心"的要求去做的么？可见"心"的作用何等伟大！在阳明看来，"心"的这种作用是每个人与生俱来的，也即人的本性。他说"始知圣人之道，吾性自足，向之求理于事物者误也"。这是说，原先以为圣人的道理存在于外部世界，因此循着朱熹等先儒的教导，努力到外事、外物上去苦苦寻求；而现在才明白，圣人的道理本来就存于我们心中，"吾心即道"，所以也就无需向外事外物去探求。由此，他又引出了"宇宙便是吾心，吾心即是宇宙"的结论，这也就是阳明"心学"的基本命题。这样，阳明将我国历史上的唯心主义世界观发展到了极致。"心学"所以在阳明手中得到这样的发展，一方面与阳明自少年时代以来就怀有的自我扩张、希圣希贤的强烈愿望有关，一方面则由于他身处艰危，主观意志高度昂扬，以个人的修养、毅力和学识平衡了自我，战胜了困难，因而就将主观意志的作用加以绝对化了。其实，阳明在龙场的困厄中所以能奋发自强、克服困难，保持身心的健康，固然是受其思想，即所谓"心"的支配，但其所以能这样想而不是那样想，仍然取决于其以前所受的教育。阳明把一切归结于人的先天本性，是过于片面化了。

阳明在龙场驿的次年，又提出"知行合一"的学说，作为其"心学"体系中的重要论点。"知行合一"说的提出，一是不满于当时读书谈道者的知而不行，言不符实，有心改变学风；二则仍是从龙场的艰苦生活体验中获悟，是对其"求理于吾心"说的发展。阳明所说的"知"，即每个人生而具备的"良知"。阳明所说的"行"，则含义较宽泛。从他所说的“知是行的主意，行是知的功夫；知是行之始，行是知之成”、“称某人知孝，某人知悌，必是其人已曾行孝行悌，方可称他知孝知悌，不成只是晓得说些知孝知悌的话，便可称为知孝知悌”来看，则“行”包含了与“知”相对立的“实践”之意。但从他“行之明觉精察处便是知，知之真切笃实处便是行”、“一念发动处便是行了”的表述来看，“行”与“知”又都指人内心的认识活动，是“良知”显现与扩充过程中精神活动的两种形式。而阳明所说的“良知”，则指人们在长期的实践中积累起来的道德心理，是一种融合于人们经验习惯与性情行为中的善良、仁爱、正义的秉性。按照唯物主义的观点，人的道德心理产生于实践，阳明则强调其主观性。

正德五年(1510)，由于刘瑾倒台，阳明结束了谪戍生涯，升任江西庐陵知县。在庐陵七个月间，他慎选里正，设立保甲制度，这是首次担任地方官的施政试验。不久，升为刑部主事，后调吏部主事，又升员外郎、郎中，再度成为京官。正德九年，阳明升为南京鸿胪寺卿，活动范围又回到南方。这一期间，追随阳明讨论学问的学生逐渐增多，每逢师生讲学，旁听者数以百计。

正德十一年(1516)，因闽、赣等处“寇乱”，阳明被荐升任都察院左佥都御史，巡抚江西南、赣，福建汀、漳等处。阳明至赣以后，推行十家牌法，编选民兵，使地方实行联防自保，然后移文各地官军会合，十四个月之后，平息了先后延续数十年的闽、赣等地“寇乱”。正德十三年(1518)，阳明又率军前往粤北“征寇”，不到两月，获胜班师。这期间，阳明以一介书生掌握统兵大权，实现了他少年时代建功立业的向往。对于各地的“寇乱”，他剿抚兼施，恩威并用，每平定一处，就奏请在当地设立新县，然后立社学，定乡约，行保甲，修书院，整理盐法，劝谕百姓，对安定地方、巩固中央政权统治，立下汗马功劳。连年征战之暇，阳明仍不忘讲学，门人薛侃、欧阳德等随侍左右，时时同老师讲论“心学”，薛侃并在正德十三年八月将阳明与学生讨论问答的语录《传习录》上卷刻印行世。面对连年征战的成绩，阳明并不自矜，在致友人的书信中说：“破山中贼易，破心中贼难。区区剪除鼠窃，何足为异？若诸贤扫荡心腹之寇，此诚大丈夫不世之伟绩。”可见他念念不忘的，仍是道德人格的完成，并将它置于世人所乐于称道的“事功”之上。

正德十四年(1519)，明王朝分封在南昌的宁王朱宸濠起兵反叛。宸濠平素野心勃勃，结交宦官，招纳党羽，久已蓄谋起兵。由于朝廷的姑息，武宗的昏愦，终于酿成震动朝野的叛乱。阳明当时正在江西，见宁王起兵，未等奉到朝廷命令，就倡义平乱，传檄各府县官员率义师共赴丰城会合。虽然事起仓促，兵力远远少于宁王，由于调度有方，指挥若定，仅用四十天时间就收复南昌，并与叛军激战于鄱阳湖一带，大败敌兵，生擒了宸濠及其伪官，随后又克复九江等地。他所建立的“事功”，与历史上其他贤哲相比，实属罕见。

平定宸濠叛乱，并未给阳明带来进一步作为于时代的机遇。武宗身边的佞臣嫉妒阳明的功绩，百般诋毁，乃至诬告阳明要拥兵造反。阳明的学生冀元亨甚至还被诬陷下狱，死在狱中。阳明经历了风波患难，更加坚信他的“良知”学说，因为良知是明是非、知善恶的，只要听凭良知的指引，就能心地坦荡，顺应事理，置生死祸福于度外。五十岁时，阳明在南昌正式提出“致良知”的口号，作为讲学宗旨。不久以后，他返归家乡，专意讲学。四方学者，北自京师，南至广东，不远千里来浙江求学的，有数百人之多。学生们在绍兴建造了阳明书院，门人南大吉收集阳明论学语录，续刻了《传习录》中卷。

“致良知”说是阳明心学发展的顶峰，是阳明对“龙场悟道”所得的“心外无理，心外无事”和“知行合一”说的高度概括。阳明认为，“知善知恶是良知”，“见父自然知孝，见兄自然知悌，见孺子入井，自然知恻隐，此便是良知”。在不同场合，阳明又将“良知”说成是“道”、“天理”、“本心”，总之它是人人心中都具有、“不待学而有，不待虑而得”的天赋本性。而“致良知”的“致”，则是恢复、扩充，使良知达到极致的意思。通常，人的良知不显露，是由于他们的良知受了“私欲”的蒙蔽。去除私欲，恢复本性，就是“致良知”的功夫。将良知运用到事事物物，使事事物物都变得合理，也是“致良知”的功夫。阳明晚年对于良知的学说坚信不疑，反复譬解，凡有论说，万变不离其宗，都以“致良知”为指归。

嘉靖六年(1527)，广西思田州发生动乱，在乡讲学已六年的阳明，再度奉命带兵前往征抚。九月出发，十一月抵达梧州。阳明沿途咨访，洞悉了动乱发生的原委，是由于朝廷对当地善后措置不当，于是上疏朝廷，提议以抚为主。此后随宜处置，招降卢苏、王受等人，不折一兵一卒，即平息动乱，胜利返师。但阳明此行抱病出征，登山涉水，冒暑奔劳，肺病加剧，终于在嘉靖七年(1528)自广西返回的途中病倒，十一月二十九日卒于江西南安，年仅五十七岁。临终之刻，门人询问遗言，阳明说：“此心光明，亦复何言！”

阳明倡导的"心学",虽然在哲学体系上仍属于主观唯心主义的范畴,其所提倡的"致良知",主要也仍在于加强实行"孝"、"悌"等封建道德,似乎与历史上维护封建制的其他思想并无根本分歧;但由于他强调了"心自然能知"的观点,并认为"心"所"自然"地作出的反应、选择就是"良知"的体现(参见本书所选《语录一》),却可以引导人们从中得出如下的结论:人应该按照"心"所"自然"作出的反应、选择去追求和活动,社会应该让人们这样做而不应加以阻碍,这一结论,对于封建统治又具有其危险的一面。

当人们在面对某种情况时,其"心"所"自然"作出的反应、选择,虽然常受后天教育的制约,但也直接源自人的本能。例如,一个受过正常教育的孩子,看到别人的东西,尽管觉得好玩,而且周围并无别人,他的"心"也不会"自然"地作出把那东西据为己有的决定;而没有接受过"不能拿别人的东西"之类的教育,或者因幼小尚未接受此类教育的孩子,在看到其认为可爱的东西时,就会"自然"地拿来(或企图拿来),而不管其是否属于别人。很明显,前者是后天教育的结果,而后者则出于先天的本能。又如,封建社会中的贫苦农民,尽管饱受饥寒之苦,但由于其所受的教育,在通常的情况下绝不会"自然"地作出抢夺地主财物的选择(这些教育使他们或觉得抢劫是不道德的,或认识到抢劫会带来可怕的后果),但当面对严重饥荒、要求赈济遭到拒绝、濒临饿死时,求生的本能就会使他们"自然"地产生抢劫地主粮食的愿望并付诸行动。从以上例子可以看出,这种出于先天本能的"自然"要求和选择,对封建统治往往是危险的,所以封建统治阶级总是以其道德、法律等工具来限制、扼杀此类"自然"的要求。而从阳明"心学"

中可能引导出的结论，却使得基于人的本能而与封建制度相矛盾的若干“自然”要求和行动，成了“良知”的体现，也即成了正义的、应该肯定的行为。

正因如此，在阳明“心学”的继承者中，逐渐分化成了两派。一派强调其“致良知”学说中有利于封建道德的巩固的方面，另一派则根据其“心自然会知”的学说，强调人的“自然”要求和欲望，并以此批评、否定封建道德和封建制度等范畴内与当时社会形态不相适应的部分，在明代晚期形成了一股汹涌澎湃的新思潮，其旗手就是杰出的思想家李贽（1527—1602）。这股思潮不仅流行于哲学、文学、艺术等领域，而且对社会风气产生巨大的影响。从这一角度说，阳明“心学”对晚明新思潮的开创、启迪之功是十分明显的，它在我国哲学史上具有重要地位。

王阳明不仅是我国历史上卓越的哲学家之一，他的散文和诗歌也颇具特色。所以，本书除着重选录其代表性的哲学作品（语录）外，也选入了少量文学性的散文和诗篇。

吴　格（复旦大学）

语　录　一

本篇是阳明对“知行合一”的解说。“知行合一”是阳明学说中的重要论点，曾与学生反复讲习辨析。按照阳明的意见，人心中本有一种“良知”，良知的本原，就是“知行的本体”。知与行，本来是合一的，一个人的认识与行为不相符合，并不是知与行真地分而为二，而是良知被私欲“隔断”了，去除了私欲，知、行自然就合而为一。良知是知善知恶的，这是“知”的一面；良知又是好善恶(wù)恶的，这是“行”的一面。一个人真正做到好善恶恶，说明他不仅具有辨别善恶的“知”，而且已将“知”表现为“行”，知与行的过程始终相随，因此不可分隔。对于这种“知行合一”的认识，梁启超曾加评论：“此语最令人无所逃遁，凡吾辈日言爱国而无所实行者，皆未知国之可爱也。推之一切，皆如此。”

爱因未会先生“知行合一”之训①，与宗贤、惟贤往复辩论未能决②，以问于先生。

先生曰：“试举看③。”

爱曰：“如今人尽有知得父当孝、兄当弟者④，却不能孝、不能弟，便是知与行分明是两件。”

先生曰：“此已被私欲隔断，不是知行的本体了[5]。未有知而不行者，知而不行，只是未知。圣贤教人知行，正是要复那本体，不是着你只恁的便罢[6]。故《大学》指个真知行与人看[7]，说：如好好色[8]，如恶恶臭[9]。见好色，属知；好好色，属行。只见那好色时，已自好了，不是见了后又立个心去好。闻恶臭，属知；恶恶臭，属行。只闻那恶臭时，已自恶了，不是闻了后别立个心去恶。如鼻塞人，虽见恶臭在前，鼻中不曾闻得，便亦不甚恶，亦只是不曾知臭。就如称某人知孝，某人知弟，必是其人已曾行孝、行弟，方可称他知孝、知弟，不成只是晓得说些孝弟的话，便可称为知孝弟[10]？又如知痛，必已自痛了方知痛；知寒，必已自寒了；知饥，必已自饥了，知、行如何分得开？此便是知行的本体，不曾有私意隔断的。圣人教人必要是如此方可谓之知，不然只是不曾知。此却是何等紧切着实的功夫[11]！如今苦苦定要说知、行做两个是甚么意，某要说做一个是甚么意[12]，若不知立言宗旨，只管说一个、两个，亦有甚用？”

爱曰：“古人说知、行做两个，亦是要人见个分晓，一行做知的功夫[13]，一行做行的功夫，即功夫始有下落[14]。”

先生曰：“此却失了古人宗旨也。某尝说[15]，知是行的主意，行是知的功夫；知是行之始，行是知之成。若会得时[16]，只说一个‘知’，已自有‘行’在；只说一个‘行’，已自有‘知’在。古人所以既说一个‘知’，又说一个‘行’者，只为世间有一种人，懵懵懂懂的任意去做[17]，全不解思惟省察[18]，也只是个冥行妄作[19]，所以必说个知，方才行得是。又有一种人，茫茫荡荡悬空去思索[20]，全不肯着实躬行[21]，也只是个揣摸影响[22]，所以必说一个行，方才知得真。此是古人不得已补偏救弊的说话[23]。若见得这个意时，即一言而足。今人却就将知、行分作两件去做，以为必先知了，然后能行，我如今且去讲习讨论，做知的功夫，待知得真了，方去做行的功夫，故遂终身不行，亦遂终身不知。此不是个小病痛，其来已非一日矣。某今说个知行合一，正是对病的药，又不是某凿空杜撰[24]，知行本体原是如此。今若知得宗旨时，即说两个亦不妨，亦只是一个；若不会宗旨，便说一个，亦济得甚事[25]？只是闲说话。”

【注释】

①爱：徐爱，号横山，王阳明的学生和妹夫。会：领会。②宗贤、惟贤：王阳明的学生。决：决断，判明。③试举看：试举例来看看。④弟（tì）：通“悌”，弟弟顺从兄长。⑤本体：本原，本性。⑥着：让。恁：如此。⑦与：给。⑧好（hào）好色：爱好美色。⑨恶（wù）恶臭：憎恶秽臭。⑩不成：难道……不成？⑪紧切：要紧。着实：实在。⑫某：自称之词，指代“我”。但也有可能王阳明在说这段话时自称“守仁”，他的学生在编《语录》时为了避讳改写成“某”了。甚么：什么。⑬一行：一面。⑭下落：着落。⑮尝：曾经。⑯会得：领会到。⑰懵懵（měng）懂懂：糊糊涂涂。⑱思惟：思考。省察：省视察看。⑲冥（míng）行：暗中行走，犹言瞎走。妄（wàng）作：胡乱地作。⑳悬空：凭

空。㉑ 躬行：亲身实践。㉒ 揣摸：揣测，猜度。影响：近似。㉓ 补偏救弊：补正偏失，匡救弊端。㉔ 凿空：凭空。杜撰：无根据地臆造。㉕ 济得甚事：成得什么事。济，成。

【翻译】

徐爱因未领会先生"知行合一"的教导，和宗贤、惟贤反复辩论，仍不能判断，就去问先生。

先生说："试举例来看看。"

徐爱说："现在的人尽有知道对父亲应当孝敬、对兄长应当顺从的，却不能真正去孝敬、去顺从，可见这'知'与'行'分明是两回事。"

先生说："这已经被私欲隔断了，不是'知行'的本体了。天下没有知而不行的事情，知而不行，只是未知。圣贤教人'知行'，就是要恢复知行的本体，不是让你只那样地就算了。所以《大学》指了个真正的'知行'给人看，说：'如好好色，如恶恶臭'。见到美色，属于'知'，爱好美色，属于'行'。人只要一见到美色，就已经爱好了，不是见了美色又立个心去爱好。同样，闻到秽臭，属于'知'，憎恶秽臭，属于'行'。人只要一闻到秽臭，就已经憎恶了，不是闻到秽臭又立个心去憎恶。比如鼻子塞住的人，虽然看见秽臭的东西在眼前，鼻子里没有闻到臭味，也就不会很憎恶，他也就只是不曾知臭。这就如说某人懂得孝、懂得悌，必定是这人已经实行孝、实行悌了，那才可称他是知孝、知悌了，难道只是晓得说些孝悌的话，就可称作知孝悌了不成？又比如知痛，必定是已经痛了，才知什么是痛；知寒，必定是已经寒了；知饥，必定是已经饥了。知和行，怎么分得开？这就是‘知行’的本体，不曾被私欲隔断过的。圣贤教人必定要这样才可称为知，不然就只是没有知。这是多么要紧切实的功夫！现在定要苦苦地将知、行说成两回事是怎么个意思，我要将知、行说成一回事又是怎么个意思，如果不明确圣贤立论的宗旨，只管争一回事还是两回事，又有什么意义？”

徐爱说：“古人将知、行说成两回事，也是要人明白，应该一面做‘知’的功夫，一面做‘行’的功夫，那样功夫才有着落。”

先生说：“这就失掉古人的宗旨了。我曾说过：知，是行的主意，行，是知的功夫；知，是行的开端，行，是知的结果。如果领会了这意思，只要说一个‘知’，已经有“行”包含在内；只要说一个‘行’，已有‘知’包含在内。古人之所以既说一个‘知’，又说一个‘行’，是因为世上有一种人，糊糊涂涂任意去做，从不知道思考省察，那只是瞎走乱做，所以必须对他说清‘知’的道理，他们才能‘行’得正确。又有一种人，不着边际地凭空去思索，一点不肯切切实实地亲身实践，那只是无实在根据地猜测，所以必须对他们说清‘行’的道理，他们才能‘知’得真切。这是古人不得已而补弊救偏的说法。如果能明白这个道理，只说一个‘知’或‘行’字就足够了。今人却就把知、行分作两回事去做，以为必须先‘知’了，然后才能‘行’，所以我如今且去讲习讨论，做‘知’的功夫，等到‘知’得真切了，再去做‘行’的功夫。所以就终身不‘行’，也就是终身不‘知’。这不是小毛病，它形成已经很久了。我今天提倡‘知行合一’，正是对症所下的药，这又不是我凭空臆造出来，知、行的本体原来就是这样。今天如能懂得这个原则，即使说知、行是两件事也不妨，因为在实行中仍只是一回事；如不能领会这宗旨，即使说知、行是一回事，又成得了什么事？也只是白说话。”

语　录　二

本篇是阳明对“六经皆史”的论说。《易》、《书》、《诗》、《礼》、《乐》、《春秋》六种古书，前人在文献分类中都列入“经部”，认为它们是古代的圣人为了“垂教立言”而特意编写的“经典”，在封建社会中具有不可怀疑的正统地位。明清时代的学者，开始认为《六经》是夏、商、周时代典章政教的记录，都应被视为古代的历史著作。通常认为，系统提出此说的是清代学者章学诚。从下文可以发现，阳明早在明代中期已提出了“六经皆史”的看法，而这种看法又是和他的“事即道，道即事”的观点联系在一起的。提出这一观点的前提，是认为“事”都体现了“道”，“道”却不可能脱离“事”而独立存在。这也意味着只能从人们的现实生活中去求“道”，却不能凭空规定一系列原则，硬把它们作为指导现实生活的准则。这一观点，又为明代后期进步思想家李贽等人所继承和发展。

爱曰：“先儒论《六经》①，以《春秋》为史②。史专记事，恐与五经事体终或稍异③？”

先生曰："以事言谓之史，以道言谓之经④。事即道，道即事。《春秋》亦经，五经亦史。《易》是包羲氏之史⑤，《书》是尧舜以下史⑥，《礼》、《乐》是三代史⑦。其事同，其道同，安有所谓异⑧？"

【注释】

① 先儒：已经去世的前辈儒者，多指距离当代较远或很远的儒者。《六经》：《易》、《书》、《诗》、《礼》、《乐》、《春秋》六部儒家经典。②《春秋》：编年体的春秋时鲁国历史记载，据说由孔子据鲁史修订而成，叙事简洁，以下字用语为褒贬。③ 五经：这里指《六经》中《春秋》以外的五部儒家经典。或：或许。④ 经：常道，规范。阳明认为，《六经》之所以称"经"，是因其所说的道理都是经久不变的至理。⑤ 包羲氏：又作伏羲氏、宓羲氏，传说中的古代部落酋长，相传他曾教民渔牧，始画八卦，所以说《易经》产生于包羲氏时代。⑥ 尧舜：唐尧和虞舜，远古时代的部落联盟酋长，传说中的圣明君主。《尚书》中《尧典》、《皋陶谟》等篇记载了尧、舜的事迹。⑦ 三代：夏、商、周三代。⑧ 安：哪里，怎么。

【翻译】

徐爱说："先儒论述《六经》，将《春秋》作为史书。史书是专门记事的，恐怕与其它五部经书所述之事、所用的体裁总有些不同吧？"

先生说："以其所记的事来说，称之为'史'；以其所阐述的道来说，称之为'经'。事就是道，道也就是事。所以

《春秋》也可称作‘经’,其它五经也可称作‘史’。《易》是包羲氏时代的史,《书》是尧、舜以后时代的史,《礼》、《乐》是夏、商、周时代的史。它们记事的性质相同,所阐述的道也相同,哪有什么差别呢?”

语　录　三

本篇是阳明对"主一"的解释。"主一"是阳明提出的立身处世原则之一。他认为:"主一"并不意味着专注于某一件事情,而是要人们专注于"天理"。什么是天理呢?阳明曾说:"吾心之良知,即所谓天理也。致吾心良知之天理于事事物物,则事事物物皆得其理矣。"由于对于"良知"可以从不同角度去理解,对"天理"也就可作不同的解释。不过,阳明在本篇中把"一心在好色上"和"一心在好货上"斥为"逐物",排除在"主一"的范围之外,从这点来看,他所倡导的"天理",与宋代程朱理学提倡的"天理"实存在许多共同处。后来李贽把"好货"、"好色"都作为"良知"的体现,则是对阳明学说的重大修正。

陆澄问"主一"之功①:"如读书,则一心在读书上;接客,则一心在接客上,可以为'主一'乎②?"

先生曰:"好色,则一心在好色上;好货,则一心在好货上,可以为'主一'乎?是所谓逐物③,非'主一'也。'主一'是专主一个天理。"

【注释】

① 陆澄：字原静，归安人，阳明的学生。主一：专注于一。② 为：称为，称得上。③ 逐物：追求外界事物。

【翻译】

学生陆澄请教什么叫“主一”的功夫，说：“比如读书时，就一心用在读书上；接待客人时，就一心用在接待客人上，这可以称得上‘主一’吗？”

先生说：“一个人好色，就一心用在好色上；贪财，就一心用在贪财上，这可以称作‘主一’吗？那是将心思用在追逐外界事物上，并不是‘主一’。‘主一’，是专注于一个天理。”

语　录　四

本篇是阳明对立志的解说。儒家自古强调为人必须立志，认为立志是决定人生意义的根本大事。阳明以“存天理”为立志的内容，强调只要胸中念念不忘保存良知，并将良知加以扩充发展，就人人都可成为圣贤。

问立志①。

先生曰：“只念念要存天理②，即是立志。能不忘乎此③，久则自然心中凝聚，犹道家所谓‘结圣胎’也④。此天理之念常存，驯至于美大圣神⑤，亦只从此一念存养扩充去耳⑥。”

【注释】

① 问：此是阳明弟子向他提问，提问者姓名没有被记录下来。② 存天理：保存良知。③ 忘乎此：忘记这一点。④ 结圣胎：宗教术语，指修道所成的内功，这是成为圣人的基础。⑤ 驯（xún）：渐进。⑥ 存养：保存养护。

【翻译】

有弟子请教如何立志。

先生说："只要你每时每刻都想着保存天理，就是立志了。能不忘记这一点，日久天长，天理自然就会在你的心中凝聚，好像道家所说的'结圣胎'一样。这保存天理的意念常存于心中，就会发展到美、大、圣、神的境界，其实也不过是把这一念头不断地加以保存养护、扩大充实罢了。"

语　录　五

本篇记录了阳明对学生孟源的批评说教。阳明不满意孟源平时的自以为是，取树根和庄稼为譬。他把孟源的毛病比作是危害庄稼的大树：树根吸尽雨露，树叶遮蔽阳光，周围就难以培植庄稼；要想使庄稼生长茂盛，就得把树连根铲除。以此说明要想培植良好的品德，必须先除去身上自高自大的病根。

孟源有自是好名之病①，先生屡责之。一日，警责方已②，一友自陈日来工夫请正③，源从傍曰："此方是寻着源旧时家当④！"先生曰："尔病又发⑤。"源色变⑥，议拟欲有所辩⑦。先生曰："尔病又发！"因喻之曰⑧："此是汝一生大病根。譬如方丈地内种此一大树，雨露之滋⑨，土脉之力⑩，只滋养得这个大根。四旁纵要种些嘉谷⑪，上面被此树叶遮覆⑫，下面被此树根盘结⑬，如何生长得成？须用伐去此树⑭，纤根勿留，方可种植嘉种⑮。不然，任汝耕耘培壅，只是滋养得此根。"

【注释】

①自是：自以为是。②警责：警告、责备。③自陈：自己陈说。请正：请求给予指点。④家当：家产。此句意为：这才不过是达到了我以前的程度。⑤尔：你。⑥色变：脸色骤变。⑦议拟：言动前的准备。⑧喻：晓喻，开导。⑨滋：滋润。⑩土脉：土壤。⑪纵：纵使，即使。嘉谷：原指粟，此处泛指五谷。⑫遮覆：遮盖覆蔽。⑬盘结：盘绕纠结。⑭伐：砍伐。⑮嘉种：优良的谷物种子，语出《诗经·生民》："诞降嘉种，维秬维秠，维穈维芑。"

【翻译】

孟源有自以为是及好虚名的毛病，先生曾屡次责备他。一天，批评刚结束，有一位朋友陈述了近来的学习心得，请先生指正，孟源从旁边插嘴说："这才不过达到了我以前的程度。"先生对孟源说："你的毛病又犯了。"孟源脸色变了，准备要为自己分辩。先生说："你的毛病又犯了！"接着开导说："这是你一生的大病根。譬如一丈见方的地盘里种了这么棵大树，雨露的滋润，土壤的肥力，只不过滋养了大树的根株，周围即使想再种些禾谷，上面却被大树枝叶的浓荫覆盖了，下面又被大树的根须盘结着，禾谷怎么生长得成？必须砍去这棵大树，连地下的细根都一点不留，才可种植出茁壮的庄稼来。不然的话，任凭你如何耕耘培植，只不过是在滋养那树根。"

语　录　六

本篇评价了后世的著述。阳明认为，古代圣贤所遗留的著作，其作用在引导人们去认识天地与人心，却并不能准确明晰地反映其本质。后世的著作，如只是对圣贤遗留的著作摹仿传抄，甚或妄加分析增补，那就离开事物的本质愈远了。在这里，阳明实际上提出了学术研究中不能只是依傍古人（哪怕是古代的圣贤），而必须极力求真的观点。这一观点，也被后来的进步思想家李贽等人所继承和发展。

问：“后世著述之多，恐亦有乱正学①？”

先生曰：“人心、天理浑然②，圣贤笔之书③，如写真传神④，不过示人以形状大略⑤，使之因此而讨求其真耳⑥。其精神意气、言笑动止，固有所不能传也⑦。后世著述，是又将圣人所画摹仿誊写⑧，而妄自分析加增，以逞其技⑨，其失真愈远矣。”

【注释】

① 正学：指孔子、孟子的学说。阳明及其弟子都自命

为孔孟学说的真正继承者，故以孔孟学说为“正学”。但又认为汉代以后儒家对孔孟学说的解释颇有不合原意之处，因而也非“正学”。② 浑然：广大无边的样子。③ 笔之书：写在书里。④ 写真传神：古代对摹绘人物肖像的专称。⑤ 大略：大概。⑥ 真：真实的形貌。⑦ 传：传达。⑧ 摹仿：依照原画摹绘。誊（téng）写：抄写。⑨ 以逞其技：以表现他的技能。

【翻译】

有弟子问：“后世著述的数量众多，恐怕也会淆乱古代圣贤的正学？”

先生说：“人心和天理都是浑然无涯的，古代的圣贤将它们写在书里，就如同摹绘人物肖像，不过是给人看一个大概的形貌，使人们由此去寻求其真实的形象罢了。其实人物的精神意气、言笑动作，本来就有不少是难以由此而传达的。后代人的著述，则只是将圣人所画的再加模仿传抄，并且妄自作些分析增补，以表现他们的技能，离开真实就更远了。”

语 录 七

本篇论说了求学必须从根本上用力的道理。阳明以婴儿的长大成人为譬，说明成年人的知识与能力，是逐步长进并积累起来的。求学的人仰慕古代圣贤的无所不知、无所不能，希望自己也能成为同样的人，这种愿望固然不错，但如果指望朝夕间就能将世上的道理讲求穷尽，那就违反了循序渐进的规律。为此，阳明又以种树为喻，希望学生们学习时，要有“只管栽培灌溉”的境界。一旦水土肥沃，根枝茁壮，自然会有花果的收获。

问：“知识不长进，如何？”

先生曰：“为学须有本原[①]，须从本原上用力，渐渐盈科而进[②]。仙家说婴儿亦善譬[③]：婴儿在母腹时，只是纯气[④]，有何知识？出胎后方始能啼，既而后能笑，又既而后能识认其父母兄弟，又既而后能立能行，能持能负[⑤]，卒乃天下之事无不可能[⑥]。皆是精气日足，则筋力日强，聪明日开，不是出胎日便讲求推寻得来，故须有个本原。圣人到位天地、育万物[⑦]，也只从喜怒哀乐未发之中上养来[8]。后儒不明格物之说，见圣人无不知、无不能，便欲于初下手时讲求得尽，岂有此理？”

又曰：“立志用功，如种树然[9]：方其根芽，犹未有干；及其有干，尚未有枝；枝而后叶，叶而后花实。初种根时，只管栽培灌溉，勿作枝想[10]，勿作叶想，勿作花想，勿作实想。悬想何益[11]？但不忘栽培之功，怕没有枝叶花实？”

【注释】

① 本原：根本。木根称本，水流起头处称源。“原”与“源”通。② 盈科：水灌满坑洼，喻充盈。③ 仙家：神仙家，指信奉神仙、修炼之说的道教方士。婴儿：方士术语，据说炼气达到一定程度，人的元神凝结成形，状如婴儿，亦称“圣胎”；随着修炼功深，“婴儿”不断成长，最终飞升成仙。④ 纯气：纯一的精气。⑤ 持：手提。负：肩背。⑥ 卒：终于。⑦ 位天地、育万物：语出《论语·中庸》，意为天地定位，养育万物。阳明认为是圣人的功绩，使得天地静泰，各安其位，万物得以滋长发育。⑧ 喜怒哀乐未发之中：喜怒哀乐未发之时，人心虚静，胸无杂虑，故称为“中”，语见《礼记·中庸》。⑨ 然：那样。⑩ 勿作枝想：不要去想树枝。以下各句句式同。⑪ 悬想：空想。

【翻译】

有人问：“知识不长进，怎么办？”

先生说：“求学问必须有个根本，必须从根本上用力，才能渐渐地充实长进。神仙家所说的‘婴儿’，也是很好的譬喻：婴儿在母腹中时，只是一股单纯的精气，他有什么知识？脱离母胎后，婴儿才会啼哭，这以后才会笑，以后又会认识他的父母和兄弟，再以后又会站立、会行走，会手提、会肩背，最后则天下的事情没有不可能去做的了，这都是由于其精气一天天充足，筋力一天天强盛，智力一天天成长，而不是一出世就讲求探讨而学会的。所以凡事必须有个本源。圣人能达到使天地清泰、万物滋长繁育的水平，也只是从他处于喜怒哀乐尚未发动的'中'这种状态时，不断地修养而得来。后世的儒者不明白圣人'格物'的道理，看到圣人无所不知、无所不能，就想在开始学习时即讲求穷尽，哪里有这样的道理呢？"

先生又说："立志用功，和种树是一样的。当树刚有根芽时，还没有树干；等到有了树干，还没有树枝；有了树枝后才有树叶，有了树叶后才有花、果。起初种根时，只管培土浇水，先不要去想树枝，不要去想树叶，也不要去想花，不要去想果实，空想有什么益处？只要不忘记栽培的功夫，还怕没有枝叶和花果？"

语 录 八

本篇是阳明对读书遇见疑难的看法。阳明认为,读书如仅停留于字面的求索,就难以理解得透彻。进一步说,即使书读得不少,字面的意思也能理解得明白,如果不能用心去体会,从精神深处加以领悟与认识,也并无用处。

问:“看书不能明,如何?”

先生曰:“此只是在文义上穿求①,故不明。如此又不如为旧时学问②,他到看得多、解得去③。只是他为学虽极解得明晓④,亦终身无得⑤。须于心体上用功⑥。凡明不得、行不去,须反在自心上体当,即可通⑦。盖《四书》、《五经》不过说这心体。这心体即所谓道。心体明即是道明,更无二⑧。此是为学头脑处⑨。”

【注释】

① 穿求:穿凿寻求。② 旧时学问:前人所作的学问,与阳明提倡的学问相对而言。阳明主张读圣贤书要用自己的心去体会其精义,在领悟的基础上独立思考,这与前

人读书重在字义的讲解而不求“格物致知”的学问有所不同。③ 到：倒。解得去：理解得透彻。④ 明晓：明白晓畅。⑤ 无得：无所得益。⑥ 心体：心的本体。阳明语录中所说的心体、心之本体，都是指良知而言。⑦ 反：返。体当：体会领悟。⑧ 无二：没有区别。⑨ 头脑：关键。

【翻译】

有人问：“看书不能明白，怎么办？”

先生说：“这是因为你只在文字词义上穿凿寻求，所以才不明白，你这样看书，那还不如前人那样地做学问了，他们倒是书看得多，意思也理解得明白。只是他们做学问虽理解得明白晓畅，却终身无所得益。看书必须在心的本体上用功夫，凡是明白不了、实行不下去时，必须返回到自己心中去体会，那样就马上可以通晓了。其实《四书》、《五经》说的也不过就是心的本体，这心的本体就是所谓的‘道’。明白了心的本体，也就是明白了道，这中间并无任何不同之处。这就是做学问的关键所在。”

语 录 九

本篇是阳明对初学者静坐修养的意见。阳明把静坐内省视为明白心之本体,即“存天理、去人欲”的不可或缺功夫。在这点上,显示出阳明学说与道教、佛教的联系,因为道、佛两家都重视打坐功夫。阳明认为,初学之人,应通过静坐去除胸中的杂念,使得良知纯全;而去除杂念的功夫,一定要斩钉截铁,毫不姑息。

一日,论为学功夫。

先生曰:“教人为学,不可执一偏①。初学时心猿意马②,拴缚不定③。其所思虑,多是人欲一边④,故且教之静坐息思虑⑤。久之⑥,俟其心意稍定⑦,只悬空静守,如槁木死灰亦无用⑧,须教他省察克治⑨。省察克治之功,则无时而可间⑩。如去盗贼,须有个扫除廓清之意。无事时将好色、好货、好名等私⑪,逐一追究搜寻出来。定要拔去病根,永不复起,方始为快。常如猫之捕鼠,一眼看着,一耳听着,才有一念萌动,即与克去⑫,斩钉截铁,不可姑容⑬,与他方便⑭。不可窝藏,不可放他出路。方是真实用功,方能扫除廓清⑮,

到得无私可克，自有端拱时在⑯，虽曰何思何虑⑰，非初学时事。初学必须思省察克治，即是思诚⑱，只思得一个天理。到得天理纯全，便是何思何虑矣。”

【注释】

① 执一偏：用片面的方法。② 心猿意马：心意像猿、马那样地跃动，难以控制。③ 拴（shuān）：结。缚：系。④ 人欲：人的私欲。阳明认为私欲与良知不可并存。一边：一面。⑤ 息：止息。⑥ 久之：时间长了。⑦ 俟（sì）：等待。⑧ 槁（gǎo）木：枯木。《庄子》记载，南郭子綦一日倚几而坐，形如槁木，心如死灰，因为他已悟道了。此处即用这典故。⑨ 省察：反省察过。克治：克服治理。⑩ 间：间断。⑪ 私：私欲。⑫ 即与：立即给予。克：克服。⑬ 姑容：姑息容养。⑭ 与：予。他：指心中的私欲。⑮ 廓清：肃清，扫清。⑯ 端拱：端正身体，双手合拱而坐。古人认为君主治理国家，只要掌握大的原则，端拱而坐，具体事情则由臣下去办理。阳明认为人心也要像君主般端拱静穆，不为物欲所动。⑰ 何思何虑：有什么可思可虑的。阳明认为“心外无物”，所谓思虑，无非是好色、好货、好名，理解了心的本体，就不再有可思可虑的事情。⑱ 思诚：认识、遵循天道，语出《孟子·离娄》。

【翻译】

一天，讨论做学问的功夫问题。

先生说：“教人做学问，不可偏执一端。初学的时候，人的心意就像猿、马一样躁动，束缚不住。他所思虑的，无非都是私欲那方面的事情，所以要教他学静坐，来平息这些思虑。时间长了，等到他的心意逐渐安定了，这时只教他凭空静守，就像枯木、死灰那样，也没有用处，必须教他反省和克制。反省和克制的功夫，那是没有一刻可以间断的，就像去除盗贼一样，必须有个将盗贼扫除干净的想法。没有事情时，要把心中的好色、贪财、好名等私欲，一一加以追究，统统搜寻出来。一定要拔除这些病根，使它们永不复发，这才感到快意。要经常如同猫捉老鼠那样，总有一只眼睛盯着，一只耳朵听着，心底刚有一点私欲萌发，立即将它克服，要斩钉截铁，不可有姑息容养，给私欲以方便。不可让它躲藏在心底，也不可放它逃生。这才是真实用功夫，才能将私欲扫除净尽。到了心中没有私欲需要克服时，自然安宁静穆，像君主端拱而治的情形一样，虽说本来没有什么可思虑的，但那也不是初学时所能做到的事情。初学者必须多考虑反省克制，这就是'思诚'，心中只想着一个天理。到了天理纯粹完全，就达到了那本来就没有什么可思虑的境界了。"

语　录　十

本篇是阳明对鬼的看法。阳明认为，常人所说的怕鬼，其实恐惧生自内心。人心中有了贪欲杂念，就是心中有了鬼，所以才会疑神疑鬼，心生恐惧。心中驱除了贪欲杂念的正直之人，就能不怕任何的鬼怪。

澄问："有人夜怕鬼者，奈何？"

先生曰："只是平日不能集义①，而心有所慊②，故怕。若素行合于神明③，何怕之有？"

子莘曰④："正直之鬼不须怕，恐邪鬼不管人善恶，故未免怕。"

先生曰："岂有邪鬼能迷正人乎？只此一怕，即是心邪，故有迷之者。非鬼迷也，心自迷耳。如人好色，即是色鬼迷；好货，即是货鬼迷；怒所不当怒，是怒鬼迷；惧所不当惧，是惧鬼迷也。"

【注释】

① 集义：语出《孟子·公孙丑上》："是集义所生者，非义袭而取之也。"阳明将"集义"解释为他一贯创导的"存天

理，去人欲”功夫，“集义是复其心之本体”（《王文成公全书》卷一）。② 慊（qiǎn）：同“歉”，亏欠。《孟子·公孙丑上》：“行有不慊于心，则馁矣。”③ 素行：平素的行为。神明：神灵。④ 子莘：也是阳明的学生。

【翻译】

学生陆澄问：“有人夜间怕鬼，怎么办？”

先生说：“那是因为平时不能存天理，去人欲，心里有所亏歉，所以才会害怕。如果平时的行为不愧对神灵，又哪里会有害怕？”

子莘说：“正直的鬼不用害怕，但恐怕那种邪恶的鬼是不管人的善恶的，所以不免有些害怕。”

先生说：“哪里有邪恶的鬼能迷惑正派人的事？只要有这种害怕的念头，就意味着你心中有了邪意，所以才会有迷惑你的事发生。这不是鬼在迷惑你，而是你的心自己在迷惑你。比如人好色，就是被‘色’这个鬼迷惑了；又如人贪财，就是被‘财’这个鬼迷惑了；不该发怒的时候发怒，是被‘怒’这个鬼迷惑了；不须恐惧的时候恐惧，是被‘恐惧’这个鬼迷惑了。”

语录十一

本篇中阳明论述了做学问必须先具备“头脑”,才能使所下的功夫不致虚掷。所谓头脑,就是通常说的头绪、根本。宋代理学家朱熹曾对此作过解说:“凡看道理,要见得大头脑处分明。下面节之,只是此理散为万殊。如孔子教人,只是逐件逐事说个道理,未尝说出大头脑处;然四面八方合聚凑来,也自见得个大头脑。”(《朱子语类·辑略二》)

先生谓学者曰①:“为学须得个头脑,工夫方有着落②。纵未能无间③,如舟之有舵,一提便醒。不然,虽从事于学,只做个义袭而取④,只是行不著⑤、习不察⑥,非大本达道也⑦。”

又曰:“见得时,横说竖说皆是。若于此处通,彼处不通,只是未见得。”

【注释】

① 谓:告诉。学者:前来问学的人。② 着落:下落,指学有所得。③ 纵:即使。无间:无隔阂。④ 义袭而取:袭取

道义的某些外在表现，而不是融会贯通，从总体上把握领会其内涵。⑤ 行不著：虽实行而缺乏内心的真诚，因此不能表露于外。《中庸》："诚则形，形则著，著则明。"⑥ 察：明察。⑦ 大本：根本。达道：通达的大道。

【翻译】

先生对学生说："做学问必须把握头绪，所下的功夫才会有结果。虽然还不能没有隔阂，但那就像船上有了舵一样，一提起就能醒悟。不然的话，虽然也在从事于学问，其实只获取了道义的某些外在的东西，只是能够去做，而并无内心的真诚作基础；虽然习惯于这样去做，却不能确切了解为何要这样做，这就不可能寻得根本和大道。"

先生又说："当你获得根本的道理时，不论是这样说还是那样说，所说都不会错。如果你的道理在这里说得通了，到那里又说不通，那还是没有获得根本道理。"

语录十二

本篇是阳明对“好名”的批评。阳明批评“好名”，着重在好名者的名、实不相符合，他认为实和名是相对立的，务实之心多了，好名之心就会减少，反之也同样。为了强调名、实相符，阳明对孔子所说的“君子疾没世而名不称”、“四十五十而无闻”，都作了自己的解释，认为那是孔子感叹有人的名、实不相称，有人到了晚年仍不能“闻道”，而不是将“名不称”、“无闻”解释为不被人称道。

先生曰：“为学大病在好名。”

侃曰：“从前岁自谓此病已轻①，比来精察②，乃知全未③。岂必务外④，为人只闻誉而喜，闻毁而闷⑤，即是此病发来。”

曰：“最是⑥！名与实对⑦，务实之心重一分，则务名之心轻一分。全是务实之心，即全无务名之心。若务实之心如饥之求食，渴之求饮，安得更有工夫好名⑧？”

又曰：“‘疾没世而名不称’⑨，‘称’字去声读，

亦‘声闻过情，君子耻之’之意⑩。实不称名⑪，生犹可补，没则无及矣⑫。‘四十、五十而无闻’⑬，是‘不闻道’，非‘无声闻’也。孔子云‘是闻也，非达也’⑭，安肯以此望人⑮？”

【注释】

① 侃：薛侃。自谓：自以为。② 比来：近来。精察：细察。③ 全未：完全没有。④ 务外：追求外在的东西。⑤ 毁：谗毁。闷：郁闷。⑥ 最是：最正确。⑦ 对：对立。⑧ 安得：怎可能。⑨ 疾没世而名不称：语见《论语·卫灵公》，通常解释为：恨终身未能有好名声被人称道。阳明认为，“名不称”指自己的品行与所得名声不相称。⑩“声闻过情，君子耻之”：名声超过了实情，君子引以为耻。语见《孟子·离娄下》。⑪ 实不称名：实在的品行与所获名声不相称。⑫ 没（mò）：死。⑬ 四十、五十而无闻：语见《论语·子罕》，通常解释为：到了四五十岁还没有什么可称道的名声。阳明以为，“无闻”是指“未闻道”。⑭ 是闻也，非达也：语见《论语·颜渊》，言只是有声名在外，并非已经获知了道。⑮ 安肯：哪里肯。望人：期望于人。

【翻译】

先生说：“做学问的最大毛病是好名。”

学生薛侃说：“我从前年起自以为这毛病已经减轻了，近来仔细地省察，才知全不是那么回事。并非一定要追求外在的东西才是好名，做人只要是听见赞誉就喜悦，听见批评就闷闷不乐，就是这毛病在发作。”

先生说："你讲得极正确！名与实是相对立的，人的务实之心重了一分，求名之心就会轻一分。胸中全是务实之心，就一点求名之心都没有了。如果务实之心就像饥饿的人求食、干渴的人求水，哪里还会有工夫去求名呢？"

先生又说："孔子说'疾没世而名不称'，'称'字应念作去声，这也就是孟子所说的'名声与实情不相称，君子引以为耻'的意思。一个人的实与名不相称，活着的时候还可补过，死了就来不及了。孔子说的'四十、五十而无闻'，'无闻'是说未曾闻道，不是指没有声名。孔子又说：'有些人只是徒有虚名在外，并非已经懂了道。'他哪里会以虚名在外的'闻'去期望别人呢？"

语录十三

本篇是阳明对“悔”的看法。阳明认为，人生不能无悔，悔恨可以成为治病良药。但如只是停留在悔恨上，甚至因此成为思想负担，那就成为又一种毛病了。

侃多悔。先生曰：“悔悟是去病之药，然以改之为贵①，若留滞于中②，则又因药发病。”

【注释】

① 改之：改正过失。② 留滞：滞积。中：心中。

【翻译】

薛侃经常要后悔。先生说：“悔悟是去除过失的良药，但以能够改过为可贵，如果悔悟老是沉重地留在心中，反而是因为服药而生病了。”

语录十四

本篇是阳明对于立志必须专一、必须注重道德完善的解说。古人论学,历来主张将道德放在技艺之前。后世的学者,学业专攻,成就超过前人的不少,但对于品德的完善,却不是人人都能重视的。

"种树者必培其根①,种德者必养其心。欲树之长,必于始生时删其繁枝;欲德之盛②,必于始学时去夫外好③。如外好诗文,则精神日渐漏泄在诗文上去。凡百外好皆然④。"

又曰:"我此论学,是无中生有的功夫⑤,诸公须要信得及⑥,只是立志。学者一念为善之志,如树之种⑦,但勿助勿忘⑧,只管培植将去,自然日夜滋长,生气日完⑨,枝叶日茂。树初生时,便抽繁枝,亦须刊落⑩,然后根干能大。初学时亦然,故立志贵专一。"

【注释】

① 培:培土。② 盛:美盛。③ 夫(fú):语助词。外好:内心修养以外的爱好。阳明提倡"心学",所以称爱好诗文

等为外好。④ 凡百：一切。皆然：都这样。⑤ 无中生有：指道德的进步是从内心中生出。⑥ 信得及：信得过。⑦ 如树之种：如种树那样。⑧ 助：助长。此处暗用《孟子·公孙丑上》所载"揠(yà)苗助长"故事，宋国有人为助苗生长，用手将苗拔高，结果苗都枯死了。⑨ 完：完全，充足。⑩ 刊落：删除。刊，削。

【翻译】

"种树的人必须努力培植树根，种德的人必须要修养他的心灵。要想让树长大，必须在树刚生的时候剪除它多余的枝条；要想品德完美，必须于初学阶段舍去对外在事物的爱好。比如爱好作诗和文章的人，他们的精神就渐渐地消耗在诗文上了。所有对外在事物的爱好，都会如此。"

先生又说："我对你们谈论的学问，都是无中生有的功夫，你们要信得过我，就只是去立志。做学问的人立下了一心为善的志向，就像种树一样，只要不去人为地助长，不忘记下功夫，不断地培植下去，树自然会日夜滋长，生气会一天天充足起来，枝叶会一天天茂盛起来。树初生的时候，即便长出了繁茂的枝条，也必须除掉，这样树根和树干才能粗大。人在初学时也是一样的，所以立志贵在专一。"

语录十五

本篇是阳明对学生中举止矜持、言语过于直率者的劝告，语重心长，关怀备至，反映了师生间亲密而和谐的关系。

门人在座，有动止甚矜持者①。

先生曰："人若矜持太过②，终是有弊③。"

曰："矜持太过，如何有弊？"

曰："人只有许多精神，若专在容貌上用功，则于中心照管不及者多矣④。"

有太直率者。

先生曰："如今讲此学⑤，却外面全不检束⑥，又分心与事为二矣。"

【注释】

① 动止：举止。矜(jīn)持：拘谨，不自然。② 太过：太过分。③ 终：总。有弊：有弊病。④ 照管不及：照顾不到。⑤ 此学：指阳明和学生讲习的"致良知"学问。⑥ 检束：检点约束。

【翻译】

学生和先生坐在一起,有一位学生举动十分拘谨。

先生说:"一个人拘谨得过分了,总也是毛病。"

学生问:"拘谨得过分些,怎么会是毛病呢?"

先生说:"人只有这么些精神,如果都用在容貌举止上了,那对于内心照顾不到的地方肯定就多了。"

又有一位学生言语太直率。

先生说:"我们在这里讲关于内心修养的学问,却对于自己的外在表现不加检点约束,那又是将内心和外事分而为二了。"

语录十六

本篇中阳明与学生讨论了“致良知”的过程。阳明认为，良知就是人的善恶之心，致良知就是通过修养来克服私欲，扩充内心的善恶之心。致良知的过程必须循序渐进，不可能一蹴而就，这和浊水变清的过程正相同。

问：“近来用功①，亦颇觉妄念不生，但腔子里黑窣窣的②，不知如何打得光明？”

先生曰：“初下手用功，如何腔子里便得光明？譬如奔流浊水，才贮在缸里③，初然虽定，也只是昏浊的④。须俟澄定既久⑤，自然渣滓尽去⑥，复得清来⑦。汝只要在良知上用功，良知存久，黑窣窣自能光明矣。今便要责效⑧，却是助长⑨，不成功夫。”

【注释】

① 用功：指在“格物致知”上用功。② 腔子：体内。黑窣窣（sū）：黑漆漆。③ 贮（zhù）：贮存。④ 昏浊：浑浊。⑤ 俟：等待。澄定：澄清。既久：时间长了。⑥ 渣滓：水中的杂质。⑦ 复得：回复。⑧ 责效：要求有成效。⑨ 助长：用

"揠苗助长"典故,见本书《语录十四》注。

【翻译】

学生问:"我近来在用功时,已经感觉到不再产生杂七杂八的念头了,但心中仍然黑漆漆地,不知怎样才能打出一片光明来?"

先生说:"才开始用功,怎么会心中就获得光明?比如那奔流的浊水,刚把它放在水缸内,起初水虽然已经定下来了,但仍然是浑浊的。一定要等沉淀久了,水中的杂质才会去尽,回复清净。你只要在良知上用功夫,良知保存得久了,原先的黑漆漆自然会变得光明起来。你现在刚下功夫就要求有成效,那是拔苗助长,不成其为功夫。"

语录十七

本篇阳明将良知比喻作人心中“灵根”，认为这种天生的灵根只要不被蔽塞损害，就可像禾苗那样生生不息，滋长壮大。

先生一日出游禹穴①，顾田间禾曰②：“能几何时③，又如此长了！”

范兆期在傍曰：“此只是有根。学问能自植根④，亦不患无长⑤？”

先生曰：“人孰无根⑥？良知即是天植灵根⑦，自生生不息⑧，但着了私累⑨，把此根戕贼蔽塞⑩，不得发生耳⑪。”

【注释】

① 禹穴：相传为夏禹葬地，在浙江绍兴会稽山。② 顾：回视。③ 几何时：多少时候。④ 植根：培植根基。⑤ 患：担心。无长：无长进。⑥ 孰（shú）：谁。⑦ 天植灵根：天生的心灵之根。⑧ 生生不息：不息地生长。⑨ 着：受。累：妨碍。⑩ 戕（qiāng）贼：残害。蔽塞：蒙蔽，壅塞。⑪ 发生：萌发，滋长。

【翻译】

先生一天和学生同到禹穴去游玩，看着田间的禾苗说："才多少时候，禾苗又已经这样高了。"

范兆期在一旁说："这是因为禾苗都有根的缘故。我们做学问如果也能自己培植根基，那就不用担心不长进了吧？"

先生说："谁心中没有根呢？良知就是我们心中天生的根，他自然会不停地生长，只是常人因受了私欲的牵累，把这根残害壅塞了，使它得不到滋长而已。"

语录十八

本篇是阳明劝人不要动气责人的谈话。阳明认为，只见到别人缺点的人，其实自己也存在许多不足。与其动气责人，不如时时责己，这才有可能感化他人。这就是孔子所说“躬自厚而薄责于人，则远怨矣”的道理。

一友常易动气责人①。

先生警之曰：“学须反己②，若徒责人③，只见得人不是，不见自己非。若能反己，方见自己有许多未尽处④，奚暇责人⑤？舜能化得象的傲⑥，其机栝只是不见象的不是⑦，若舜只要正他的奸恶⑧，就见得象的不是矣。象是傲人，必不肯相下⑨，如何感化得他？”

是友感悔⑩。

曰：“你今后只不要去论人之是非，凡当责辩人时⑪，就把作一件大己私⑫，克去方可。”

【注释】

① 动气：动怒。② 反己：反省自己。《论语·卫灵公》：“君子求诸己，小人求诸人。”③ 徒：仅。④ 未尽：不

足。⑤ 奚(xī)暇：哪里有功夫。⑥ 象：传说中舜的弟弟，为人傲慢无理，后受舜感化改过。⑦ 机栝(kuò)：机是弩的开关，栝是箭尾扣弦处，喻关键。⑧ 正：纠正。⑨ 相下：犹言向人服输。⑩ 感悔：悔悟。⑪ 责辩：责备辩解。⑫ 大己私：自己的重大私欲。

【翻译】

一位朋友容易动怒责备人。

先生提醒他说："做学问必须时时反省自己，如果仅仅责备人，只看见别人的不足，就看不见自己的缺点。如果能反省自己，就会发现自己有许多不够的地方，哪里还有功夫去责备别人呢？舜当初所以能转化他弟弟象的狂傲，其关键就在不去看见象的坏处。舜若只是要纠正象的奸恶，也就意味着看到象的坏处了。象是一个狂傲的人，必定是不肯向舜服低的，这样怎么感化得了象？"

这位朋友感到了悔悟。

先生又说："你今后只要不去议论别人的是非，凡是当你想要责备人时，就把这当作自己身上的一个重大私欲，把它克服掉才好。"

语 录 十 九

本篇阳明教导学生不可自以为是，轻视不如自己的朋友。求学的目的是追求道德完善，如果轻视他人，就失却了与人为善的诚意。

先生曰："凡朋友问难①，纵有浅近粗疏②，或露才扬己③，皆是病发④，当因其病而药之可也⑤，不可便怀鄙薄之心⑥，非君子与人为善之心矣⑦。"

【注释】

① 问难：讨论辩驳。② 浅近：浅陋。③ 露才扬己：炫耀自己的才学，抬高自己。④ 病发：毛病发作。⑤ 因：根据。药之：下药治疗。⑥ 鄙薄：嫌恶，轻视。⑦ 与人为善：帮助他人一起达到善的境界，语见《孟子·公孙丑上》："取诸人以为善，是与人为善者也，故君子莫大乎与人为善。"

【翻译】

先生说："凡是朋友间相互讨论辩驳时，即使有的人见解浅陋粗疏，有的人喜欢炫耀自己的才学，抬高自己，那都是他们的毛病犯了，只要根据他的毛病对症下药就是了，不可因此就对他们怀有嫌恶轻视之心。如怀嫌恶轻视之心，那就不是‘君子与人为善’的心胸了。”

语录二十

本篇阳明论述了读书与明理的关系。阳明将读书的感受分为记得、晓得、明得三种境界,所谓“明得”,就是通过读书认清自己的良知本体。一旦“明得”良知本体,读书的目的即已达到,于是也就不存在“记得”与“晓得”的问题了。

一友问:“读书不记得,如何?”

先生曰:“只要晓得①,如何要记得?要晓得已是落第二义了②,只要明得自家本体③。若徒要记得,便不晓得;若徒要晓得,便明不得自家的本体。”

【注释】

① 晓得:懂得。② 第二义:次要的意义。③ 明得:认明。自家:自己的。本体:良知的本原。

【翻译】

一位朋友问:“读书时道理记不住,怎么办?”

先生说:“读书只要懂得书中的道理,为何只是要去记得它呢?其实,说读书是为了懂得道理,这已经只说了读书的次要意义，读书的根本意义，只是要你认明自己的良知本体。如果读书时只想要记得，就不能懂得；如果只想要懂得，就认不明自己的良知本体。”

语录二十一

本篇是阳明对生死的看法。谈话由学生用孔子“无求生以害仁，有杀身以成仁”的说法提问引起。阳明是赞成孔子的主张的，他认为，人如果放弃了“天理”而甘愿委曲求生，就同禽兽没有两样。这种看法，反映传统伦理中至高的境界。

问“志士仁人”章①。

先生曰：“只为世上人都把生身命子看得来太重②，不问当死、不当死③，定要宛转委曲保全④，以此把天理却丢去了⑤。忍心害理⑥，何者不为⑦？若违了天理⑧，便与禽兽无异，便偷生在世上百千年⑨，也不过做了千百年的禽兽。学者要于此等处看得明白⑩。比干、龙逢只为他看得分明⑪，所以能成就得他的人⑫。”

【注释】

①“志士仁人”章：《论语·卫灵公》中的一章，原文为：“志士仁人，无求生以害仁，有杀身以成仁。”② 生身命子：活的身体。③ 当：应该。④ 宛转：宛曲随顺。保全：保

住。⑤ 天理：阳明认为天理就是人的良知。⑥ 害理：损害天理。⑦ 不为：干不出来。⑧ 违：违背。⑨ 偷生：苟且生存。⑩ 此等处：这种地方。⑪ 比干、龙逢：古代忠谏不避杀身的贤臣。比干是殷纣王的叔父，关龙逢是夏桀时的忠臣，都因忠谏而被君主杀害。⑫ 成就：完成，成为。

【翻译】

学生向先生请教《论语》的“志士仁人”章。

先生说：“只因为世上的人都把活的身体看得太重要了，所以就不问该死、不该死，一定要随顺委曲地把它保全下来，却因此把天理都丢失了。一个人既然忍心伤害天理，还有什么事干不出来？如果违背了天理，就和禽兽没有两样，即使在世间苟活上千百年，也不过是做了千百年的禽兽而已。读书的人在这种地方一定要看清楚，古代的贤臣比干、关龙逢，就是因为他们在这问题上看得清楚，所以才完成了他们的人格。”

语录二十二

本篇是阳明晚年对自己的评价。阳明四十六岁时巡抚南、赣、汀、漳等地，完成了平诸寇、擒宸濠的功业，他在军旅中仍讲学不辍，学问与事业都进入鼎盛时期。四十九岁时，因遭武宗身边的佞臣谗毁，险些招祸。此后五六年间，阳明在家乡讲学，与学生共同切磋"致良知"学，对人生的荣辱越发超脱，对自身道德修养的完成，也进入圆熟境界。

薛尚谦、邹谦之、马子莘、王汝止侍坐①，因叹先生自征宁藩已来②，天下谤议益众③。请各言其故。

有言先生功业势位日隆④，天下忌之者日众⑤；有言先生之学日明，故为宋儒争是非者亦日博⑥；有言先生自南都以后⑦，同志、信从者日众⑧，而四方排阻者日益力⑨。

先生曰："诸君之言，信皆有之⑩。但吾一段自知处⑪，诸君俱未道及耳⑫。"诸友请问。先生曰："我在南都已前，尚有些子乡愿的意思在⑬。我今信得这良知，真是真非，信手行去，更不著些覆藏⑭。我今才做

得个狂者的胸次[15]，使天下之人都说我行不揜言也罢[16]。”尚谦出曰：“信得此过，方是圣人的真血脉[17]！”

【注释】

① 侍坐：陪侍在尊者身旁。② 宁藩：宁王，指朱宸濠，封于南昌为宁王，正德十四年起兵谋反，被阳明擒获。③ 谤议：诽谤的议论。益：越发。④ 势位：权势地位。隆：隆盛。⑤ 忌：忌恨。⑥ 争是非：辩析是非。博：众多。⑦ 南都：南京，明朝在南京也设政府机关，阳明四十三岁时任南京鸿胪寺卿。⑧ 信从：信奉追随。⑨ 排阻：排斥阻挠。力：用力。⑩ 信：实在。⑪ 自知：自己清楚。⑫ 道及：说到。⑬ 乡愿：极力使自己迎合世俗的道德标准而不问是否合乎正道的人。⑭ 覆藏：掩藏。⑮ 狂者：激进者。胸次：胸襟。⑯ 揜(yǎn)：同“掩”，承袭。行不揜言，行为与言论不相承袭，即言行不一。因为阳明也讲“存天理，灭人欲”，但其行为却与宋儒不一致，所以有人说他行不掩言。⑰ 血脉：血统。

【翻译】

薛尚谦、邹谦之、马子莘、王汝止陪侍先生坐谈，为先生自平定宁王叛乱以来天下的非议日益增多而叹息。阳明让各位说说其中的原因。

学生们有的说是因为先生的功业和权势太盛了，所以天下忌恨的人多起来；有的说是因为先生“致良知”学说越来越被人们所理解、接受，所以为宋代儒学家争论是非的人也多起来;也有的说是因为自先生到南京做官以来,志趣相同、信奉追随的人越来越众,所以四方反对阻挠先生的人越来越起劲。

先生说:“各位的说法,的确都有其根据。但是我心里有一节自己最清楚的原因,你们都还没说到罢了。”学生们请先生解释。先生说:“我到南京任职以前,身上还有些乡愿的意思存在。现在我信服了‘良知’,凡事都照良知指明的真实是非信手去做,不再有什么遮掩、顾忌。所以我现在具备了孔子所说的那种激进者的胸襟,即使天下人都说我的行为不符合我所说的道理,我也无所谓。”学生们告辞出来后,薛尚谦说:“像老师这样地信奉良知,才是圣人的真正嫡传!”

语录二十三

本篇记载了阳明对学生的关怀爱护。古人师生之间，除了教、学的关系以外，还存在一种以道义相切磋的同志情谊，这在对得意的弟子身上，表现得尤为感人，如孔子对待颜渊。阳明是一位严肃的老师，在对邹谦之的怀念上，我们可看到他性格的另一面。

癸未春①，邹谦之来越问学②。居数日③，先生送别于浮峰④。是夕⑤，与希渊诸友移舟宿延寿寺⑥。秉烛夜坐⑦，先生慨怅不已⑧，曰："江涛烟柳⑨，故人倏在百里外矣⑩！"一友问曰："先生何念谦之之深也？"先生曰："曾子所谓'以能问于不能⑪；以多问于寡⑫；有若无，实若虚；犯而不较'⑬，若谦之者，良近之矣⑭！"

【注释】

① 癸未：嘉靖二年(1523)，此年阳明五十三岁，在家乡讲学。② 邹谦之：名守益，安成人。越：会(kuài)稽，今浙江绍兴。③ 居：居留。④ 浮峰：山名。⑤ 是夕：这夜。

⑥ 希渊：阳明的学生。移舟：乘船。⑦ 秉烛：点着蜡烛。⑧ 慨怅：感慨怅惜。⑨ 江涛烟柳：江上的波涛，烟霭中的柳树。⑩ 故人：友人。倏（shū）：疾速。⑪ 曾子：曾参，孔子的学生，博学而有德行。能：有能力。⑫ 寡：少。多寡，指见闻的多少。⑬ 犯：冒犯。较：计较。以上曾子所言见于《论语·泰伯》。⑭ 近之：接近。

【翻译】

癸未年的春天，邹谦之远道来会稽请教学问。住了几日离去，先生率学生送他到浮峰才告别。这晚，先生与希渊等学生乘船到延寿寺住宿。晚间点着烛火坐谈，先生仍然在感慨怅惜，说："伴着江上的波涛和烟霭中的柳树，友人转眼间已在百里之外了！"一位学生问道："先生为什么对谦之怀念得这么深？"先生说："曾子当年说过：有种人自己能力很强，而向能力差的人请教；自己见闻很多，而向见闻不及他的人请教；自己有可贵的思想品德、真知灼见，却仍像没有似地努力着；自己很充实，却仍然觉得很空虚；别人冒犯他，他也不计较。像谦之这样的，我看实在已经接近曾子所说的了。"

语录二十四

本篇是阳明对"格物致知"的解说。"格物致知"语出《礼记·大学》"致知在格物,物格而后知至",经宋代理学家朱熹的诠释,"正心诚意,格物致知"八字成为历代儒者讨论的热点。照通常的说法,"格物致知"是指穷究事物的原理以获取真知,而阳明对此的解释不同。阳明认为,"良知"并不存在于外界的"物"上,而是人人内心本来所具有的,因此"致知"并不是指从外界去"获取"良知,而是将自己心中的良知"推致"到外界事物上去。"格物"也不是指推究事物的本原,而是使事物都得到良知的润泽而各得其正。

先生曰:"先儒解'格物'为格天下之物①,天下之物如何'格'得?且谓一草一木,亦皆有理,今如何去'格'?纵'格'得草木来,如何反来'诚'得自家意②?我解'格'作'正'字义,'物'作'事'字义。

"《大学》之所谓'身'③,即耳目口鼻四肢是也。欲'修身',便是要目非礼勿视,耳非礼勿听,口非礼勿言,四肢非礼勿动④。要修这个身,身上如何用得工夫？心者，身之主宰。目虽视，而所以视者心也；耳虽听，而所以听者心也；口与四肢虽言动⑤，而所以言动者心也。故欲修身，在于体当自家心体⑥，常令廓然大公⑦，无有些子不正处⑧。主宰一正，则发窍于目⑨，自无非礼之视；发窍于耳，自无非礼之听，发窍于口与四肢，自无非礼之言动。此便是'修身在正其心'⑩。

【注释】

① 先儒：先世的儒生。解：解释。格：此处为"推究"意。② 反来：反过来。自家：自己。③"身"：王阳明释为人的身体，包括身上的耳目口鼻等器官。《大学》原话为"欲齐其家者，先修其身"。④"非礼勿视，非礼勿听，非礼勿言，非礼勿动"，语见《论语·颜渊》。⑤ 言动：言语动作。⑥ 体当：体察。心体：良知。⑦ 廓然：开阔貌。⑧ 些子：一点。⑨ 发窍于：指作用于。⑩"修身在正其心"：见《大学》："欲修其身者，在正其心。"

"然至善者心之本体也①，心之本体那有不善？如今要'正心'，本体上何处用得功？必就心之发动处②，才可着力也。心之发动，不能无不善，故须就此处着力，便是在'诚意'。如一念发在好善上，便实实落落去好善③；一念发在恶恶上④，便实实落落去恶恶。意之所发既无不诚，则其本体如何有不正的？故欲正其心在诚意，工夫到诚意，始有着落处。

"然诚意之本，又在于'致知'也。所谓人虽不知而己所独知者⑤，此正是吾心良知处。然知得善，却不依这个良知便做去；知得不善，却不依这个良知便不去做，则这个良知便遮蔽了，是不能致知也。吾心良知既不能扩充到底⑥，则善虽知好，不能着实好了⑦；恶虽知恶，不能着实恶了，如何得意诚？故‘致知’者意诚之本也⑧。

【注释】

① 心之本体：即良知。② 心之发动：产生意念。阳明曾说：心之发动处谓之意。③ 实实落落：实实在在。④ 恶(wù)恶：憎恨丑恶。⑤ 独知：独自明白。⑥ 扩充：扩展充实，即阳明所解释的“致”意。⑦ 着实：切实。⑧“故‘致知’者”句：《大学》：“欲诚其意者，先致其知。”

“然亦不是悬空的‘致知’，致知在实事上格①，如意在于为善，便就这件事上去为；意在于去恶，便就这件事上去不为。去恶，固是格不正以归于正；为善，则不善正了，亦是格不正以归于正也②。如此，则吾心良知无私欲蔽了③，得以致其极④。而意之所发，好善去恶，无有不诚矣。诚意工夫实下手处，在格物也。若如此格物，人人便做得，‘人皆可以为尧舜’⑤，正在此也。”

【注释】

① 格：纠正，即下文的“格不正以归于正”。②“为善”

三句：阳明认为，人不可能没有不善的思想和行为，为善，就是“正了不善”，也就是“格不正以归于正”。③ 蔽：遮蔽，阳明又称其为“隔断”。④ 致其极：扩充推致到极处。⑤ 人皆可以为尧舜：语见《孟子·告子下》。

【翻译】

先生说：“前代的读书人将‘格物’解释为推究天下的事物，天下的事物如何可推究得到？而且又说世上的一草一木都有自己的道理，那么你现在又怎么去推究？即使你推究得了草木的道理，又怎么反过来会使自己的意‘诚’？我把‘格’字解作‘正’的意思，‘物’字解作‘事’的意思。

“《大学》所说‘修身’的‘身’，就是指人们的耳眼口鼻和四肢。要修身，就是要眼睛勿看不合礼的事，耳朵勿听不合礼的事，口勿说不合礼的事，四肢勿做不合礼的事。要修这个‘身’，而在‘身’的本体上又如何去下功夫？心是人身的主宰，眼睛虽然会看，而它所以去看是由于心；耳朵虽然会听，而它所以去听是由于心；口和四肢虽然会有言动，而它们之所以言动也是由于心。所以要修身，就在于体察自己的心的本体，使宏大开阔，大公无私，没有半点不正的地方。人身的主宰正了，运作在眼睛上，自然不会去看不合礼的事物；运作在耳朵上，自然不会去听不合礼的东西；运作在口和四肢上，自然不会有不合礼的言动，这就是《大学》所说的修身在于正心的道理。

“然而，至善就是心的本体，心的本体哪有不善？现在要‘正心’，在心的本体上又有何处用得了功夫？功夫只可用在意念的产生上。人的意念产生时，不能没有不善，所以要在这上面化力气，这就是在做‘诚意’的工夫。如果你的这一个意念是求善，就实实在在地去追求善；如果你的这一个意念是除恶，就实实在在地去除恶。如果产生的意念都是诚正的，心的本体怎么会有不正的？所以《大学》又说：想正心必须先诚意。把工夫用于使意念诚正这一步，才是有了着落。

“但是使意念诚正的根本，又在于‘致知’。所谓别人虽然不知道，我自己的心里却是明白的，这就是心中的良知在起作用。如果知道了这是善，而不能遵照良知就去做；知道了这是恶，也不能遵照良知便不去做，那就是良知被私欲遮蔽了，所以不能‘致知’。良知不能扩展推致到底，则虽然知道善是应当追求的，却不能真正地去追求；虽然知道恶是应当憎恶的，却不能真正去憎恶，这样又怎么能够‘意诚’？所以说，‘致知’是‘意诚’的根本。

“然而也不可悬空地去‘致知’。致知应在具体的实物上下‘格’的功夫。你意在为善，就在这件事上去为善；意在去恶，就在这件事上去去恶。去恶，固然是纠正原来的不正以恢复到正；为善，是使为善的人原来有过的不善变得善了，所以也是纠正原来的不正以恢复到正。这样，我们心中的良知不再被私欲遮蔽，就可以扩展推致到底。这时候你心中产生的意念，不论是好善还是去恶，就没有不是出于至诚的了。‘诚意’功夫的切实下手地方，就是在‘格物’上。如果这样去‘格物’，就人人都可实行。《孟子》中说的‘人人都可以成为圣人尧舜’，原因也正在于此。”

从吾道人记

本篇是阳明为前来求学的董萝石所作的记文。董萝石是一位诗人，年近七十，听了阳明一席开导，毅然下决心放弃原有的爱好和名声，来拜阳明为师，讲求致良知的学问。为了表示自己的决心，他为自己取号“从吾道人”。阳明称赞董萝石的行为，并对“从吾”作了精辟分析。他将人的内心追求，分为“私我”和“真我”两种，“私我”即私欲，而“真我”即良知，人如能时时听从良知的追求，就能达到孔子所说“随心所欲而不逾矩”的境界。

海宁董萝石者①，年六十有八矣，以能诗闻江湖间②，与其乡之业诗者十数辈为诗社③，旦夕操纸吟鸣④，相与求句字之工⑤，至废寝食、遗生业⑥。时俗共非笑之⑦，不顾，以为是天下之至乐矣。嘉靖甲申春⑧，萝石来游会稽⑨，闻阳明子方与其徒讲学山中⑩，以杖肩其瓢笠诗卷来访⑪。入门，长揖上坐⑫。阳明子异其气貌⑬，且年老矣，礼敬之⑭。又询知其为董萝石也，与之语连日夜⑮。萝石辞弥谦⑯，礼弥下，不觉其席之弥侧也[17]。退谓阳明子之徒何生秦曰："吾见世之儒者支离琐屑[18]，修饰边幅[19]，为偶人之状[20]，其下者贪饕[21]，争夺于富贵利欲之场，而尝不屑其所为[22]，以为世岂真有所谓圣贤之学乎？直假道于是以求济其私耳[23]。故遂笃志于诗而放浪于山水[24]。今吾闻夫子良知之说，而忽若大寐之得醒[25]，然后知吾向之所为日夜弊精劳力者[26]，其与世之营营利禄之徒，特清浊之分[27]，而其间不能以寸也[28]。幸哉！吾非至于夫子之门，则几于虚此生矣[29]！吾将北面夫子而终身焉[30]，得无既老而有所不可乎[31]？"秦起拜贺曰："先生之年则老矣，先生之志何壮哉！"入以请于阳明子。阳明子喟然叹曰[32]："有是哉！吾未或见此翁也。虽然，齿长于我矣，师、友一也[33]，苟吾言之见信，奚必北面而后为礼乎[34]？"萝石闻之曰："夫子殆以予诚之未积欤？"

【注释】

①海宁：今浙江海宁。②能诗：擅长作诗。闻：闻名。江湖：与庙堂相对而言，这里指身处江湖的士人，即地位较低，经常客游于外的士人。③业诗：以作诗为专业。十数辈：十余人。诗社：结伴作诗的集会。④操纸：执纸。吟呜：吟哦诗句。⑤相与：互相。⑥遗生业：遗忘了生计。⑦非笑：讥笑。⑧嘉靖甲申：嘉靖三年（1524）。⑨会（kuài）稽：今浙江绍兴。⑩方：正。徒：学生。⑪杖：手杖。肩：背负。瓢笠：水瓢和斗笠。⑫长揖（yī）：相见时拱手躬身以致敬。⑬异：惊异。气貌：神情相貌。⑭礼敬：敬重。⑮语：谈话。⑯辞：言词。弥：更加。⑰席之弥侧：坐席越

来越往旁边挪移，指态度谦恭。⑱ 支离：残缺不全。⑲ 边幅：喻衣着仪表。⑳ 偶(yǔ)人：土、木制成的人像。㉑ 贪饕(tāo)：贪得无厌。㉒ 不屑：看不起。㉓ 直：简直是。假道：以……为手段。㉔ 放浪：忘形，逍遥。㉕ 大寐：沉睡。㉖ 向：以前。弊精劳力：使精神衰弊、筋力劳瘁。㉗ 特：仅。㉘ 间(jiàn)：间隙，差别。㉙ 几于：几乎。㉚ 北面：尊长朝南而坐，卑幼则朝北拜见。此指拜师。㉛ 得无：会不会。㉜ 喟(kuì)然：感叹貌。㉝ 齿长：年纪大。师、友一也：做老师或朋友是一样的。㉞ 奚(xī)：何。

辞归两月，弃其瓢笠，持一缣而来[①]，谓秦曰："此吾老妻之所织也，吾之诚积若兹缕矣[②]，夫子其许我乎[③]？"秦入以请。阳明子曰："有是哉！吾未或见此翁也。今之后生晚进，苟知执笔为文辞，稍记习训诂[④]，则已侈然自大[⑤]，不复知有从师学问之事[⑥]，见有或从师问学者，则哄然共非笑[⑦]，指斥若怪物。翁以能诗训后进[⑧]，从之游者遍于江湖[⑨]，盖居然先辈矣。一旦闻予言而弃去其数十年之成业如敝屣[⑩]，遂求北面而屈礼焉[⑪]，岂独今之时而未见若人[⑫]，将古之记传所载，亦未多数也。夫君子之学，求以变化其气质焉尔[⑬]。气质之难变者，以客气之为患而不能以屈下于人[⑭]，遂至自是自欺[⑮]，饰非长傲，卒归于凶顽鄙倍[⑯]。故凡世之为子而不能孝、为弟而不能敬、为臣而不能忠者，其始皆起于不能屈下，而客气之为患耳。苟惟理是从而不难于屈下，则客气消而天理行[⑰]，非天下之大勇不足以与于此。则如萝石，固吾之师也，而吾岂足以师萝石乎？”萝石曰：“甚哉，夫子之拒我也！吾不能以俟请矣[18]！”入而强纳拜焉[19]。

【注释】

① 缣(jiān)：双丝织成的细绢。② 兹：此。缕：线，此指织缣所用的线。③ 许：许可。④ 记习：记诵熟悉。训诂：解释古书文义。⑤ 侈(chǐ)然：自高自大的样子。⑥ 学问：学习请教。⑦ 哄(hōng)然：喧笑状。⑧ 训：指导。后进：后辈。⑨ 游：追随学习。⑩ 成业：已成之业。敝屣(xǐ)：破鞋。⑪ 屈礼：不敢承受的过分礼貌，此是阳明谦逊的说法。⑫ 若人：这样的人。⑬ 气质：心理素质。焉：语尾助词。尔：而已。⑭ 客气：语出《左传》：“客气非勇也。”原指不能持久的勇气，后指非人性所固有、由后天熏染而成的虚傲之气。⑮ 自是：自以为是。⑯ 凶顽：凶恶。鄙倍：鄙陋，背理，“倍”同“背”。⑰ 天理：即阳明所倡导的良知。⑱ 以俟请：以在外等待的方式请求同意。⑲ 强：硬性。

阳明子固辞不获[①]，则许之以师友之间[②]。与之探禹穴，登炉峰，陟秦望[③]，寻兰亭之遗迹[④]，徜徉于云门、若耶、鉴湖、剡曲[⑤]。萝石日有所闻，益充然有得[⑥]，欣然乐而忘归也。其乡党之子弟亲友与其平日之为社者[⑦]，或笑而非，或为诗而招之返[⑧]，且曰：“翁老矣，何乃自苦若是耶[⑨]？”萝石笑曰：“吾方幸逃于苦海[⑩]，方知悯若之自苦也[⑪]，顾以吾为苦耶[⑫]？吾方扬

鬐于渤澥而振羽于云霄之上[13]，安能复投网罟而入樊笼乎[14]？去矣，吾将从吾之所好。”遂自号曰：“从吾道人。”

【注释】

① 固辞：再三推辞。不获：不成。② 许：允许。师友之间：介于师生、朋友之间。③ 禹穴：在绍兴会稽山，相传为古代夏禹的葬处。炉峰：香炉峰。秦望：秦望山，与禹穴同为绍兴境内的名胜。④ 兰亭：也在绍兴境内，为晋代大书法家王羲之等游赏之地。⑤ 徜（cháng）徉（yáng）：徘徊。云门、若耶：山名。鉴湖、剡（shàn）：水名。曲：河水曲折处。⑥ 充然：充沛。⑦ 乡党：同乡。为社者：同结诗社的诗友。⑧ 招之：招引他。⑨ 自苦：自找苦受。⑩ 幸：庆幸。⑪ 悯：可怜。若：你们。⑫ 顾：反而。⑬ 扬鬐（qí）：飘动着背脊上的鳍。渤澥（xiè）：渤海。振羽：振翅。⑭ 罟（gǔ）：网。樊笼：关鸟兽的笼子。

阳明子闻之叹曰：“卓哉萝石[1]！‘血气既衰，戒之在得’矣[2]，孰能挺特奋发而复若少年英锐者之为乎[3]？真可谓之能从吾所好矣！世之人从其名之好也，而竞以相高[4]；从其利之好也，而贪以相取；从其心意耳目之好也，而诈以相欺，亦皆自以为从吾所好矣，而岂知吾之所谓真吾者乎[5]？夫吾之所谓真吾者，良知之谓也。父而慈焉，子而孝焉，吾良知所好也。不慈不孝焉，斯恶之矣。言而忠信焉，行而笃敬焉，吾良知所好

也。不忠信焉，不笃敬焉，斯恶之矣。故夫名利物欲之好，私吾之好也，天下之所恶也。良知之好，真吾之好也，天下之所同好也。是故从私吾之好则天下之人皆恶之矣，将心劳日拙而忧苦终身⑥，是之谓物之役⑦。从真吾之好，则天下之人皆好之矣，将家国天下无所处而不当，富贵贫贱患难夷狄无入而不自得，斯之谓能从吾之所好也矣。夫子尝曰：'吾十有五而志于学'⑧，是从吾之始也；'七十而从心所欲，不逾矩'⑨，则从吾而化矣⑩。萝石逾耳顺而始知从吾之学⑪，毋自以为既晚也⑫。充萝石之勇⑬，其进于化也何有哉。呜呼！世之营营于物欲者，闻萝石之风，亦可以知所适从也乎⑭？"

【注释】

① 卓哉：了不起。② "血气"二句：老年人所戒在贪得无厌。语见《论语·季氏》。③ 挺特：杰出。英锐：英发锐利。④ 相高：彼此将自己看得高于对方。⑤ 吾：相当于今人所说的"自我"。所谓：所以为。⑥ 心劳日拙：费尽心力，反而越弄越糟。⑦ 物之役：外物的仆役。⑧ "吾十"句：见《论语·为政》。⑨ "七十"二句：见《论语·为政》。逾矩：超出规矩。⑩ 化：化境。⑪ 耳顺：六十岁。《论语·为政》："六十而耳顺。"⑫ 既晚：已经晚了。⑬ 充：充足，此处作动词用，含有"发扬"之意。⑭ 适从：归向，跟从。《左传》昭公十五年："民知所适。"注："适，归也。"

【翻译】

海宁董萝石，今年已经六十八岁了，以能作诗闻名于江湖间。他与其家乡以作诗为专业的十多人结为诗社,日夜拿着纸吟哦写作,互相研讨诗句字词的工巧,以至忘记了饮食睡眠,荒废了家中的生计。世俗的人一起讥笑他们,他也不顾惜,认为这是天下最快乐的事情。

嘉靖三年的春天,萝石到绍兴来游玩,听说我和学生们正在山中讲学,就用拐杖背着水瓢、笠帽和诗卷来访。进门以后,作了个揖就昂然坐在上首。我见到他的这种神气相貌,年纪又老,心中惊异,对他很敬重有礼。又问其姓名而得知他就是董萝石,便和他从白天一直谈到晚上。萝石的语气越来越恭敬,执礼越来越谦下,其坐席也不觉越来越往旁边挪移。从我这里出去后,萝石对我的学生何秦说:"我以往看见世上的儒者,学问都零碎琐屑,只注重仪表的修饰,作出一副木偶的形状。其中那更没有出息的,则贪得无厌,成天与人争夺于富贵名利的场所。我曾因瞧不起他们的行为,认为世上哪里真有什么圣贤的学问,无非是一些人借此为手段以求实现其私利罢了,所以就专心一致于吟诗,逍遥于山水之间。今天听了老师的'良知'之说,好像忽然从大梦中醒来,这才知道我以往为了作诗而日日夜夜使自己精神衰弊,筋力劳瘁,和世上那些忙碌于追求利禄的人,不过是所追求的事情有点清、浊的不同罢了,这中间的差别其实是很小的。真幸运啊!我假如今天不来上老师的门,这辈子几乎是虚度了!我将要一辈子做老师的学生,不知会不会因为我已老了而不被许可呢?"何秦起立向萝石拜贺说:"先生的年纪是老了些,但先生的志向却是多么地弘壮!"随即进来向我请示。我感叹地说:"有这样的事!像这样的老人我倒从来没见过。不过,他的年龄长于我，老师和朋友其实是一样的，假如我的话能使他信服，又何必一定要行师生之礼呢？”萝石听到我的意见后，说：“老师大概是觉得我的诚意还不够吧！”

萝石告辞回去后过了两个月，没再带水瓢、笠帽，捧着一匹缣来了，对何秦说：“这缣是我的老妻亲手织的，我的诚意之深厚就像这缣上的丝线那样无法计量，老师这次可以接纳我了么？”何秦进来请示。我说：“有这样的事吗！这样的老人我确实没见过。现在的年轻人，只要学会了执笔写文章，稍微懂得些古书的字义，就已经自以为很了不起，不再觉得有拜师求学问的必要，看到有人拜师请教学问，就一齐哄然讥笑，将那人指斥为怪物。萝石以擅长作诗而教诲学生，在江湖间处处有向他学诗的人，确实已是一位前辈了。一旦听了我的话，就像扔掉双破鞋一样，放弃了他数十年来已经有所成就的事业，要求作为学生来向我行礼致敬，这样的人不但今天难以遇见，就是在古人的传记中所记载的，也并不多啊！君子从事学问，只是为了求改变自己的气质。人的气质之所以难于改变，都是因为虚傲的习气在作怪，所以不能向人谦虚学习，以至自以为是，自我欺骗，掩饰过错，滋长傲气，最后变成凶恶卑鄙的人。世上凡是做儿子不能孝敬、做弟辈不能顺从、做臣子不能忠诚的人，都起于不能向人谦虚学习，而这都是虚傲的习气在作怪罢了。假如我们能唯理是从，而不怕向人谦虚地学习，那么虚傲的习气就会消失，而良知就得以畅行无阻了。如果不是天下的大勇之人，是不可能做到这一点的。那么像萝石这样的人，已经是我的老师了，我哪里配作萝石的老师呢？”萝石听了我的话，说：“老师拒绝我真够厉害呀！我不能再等候在外面来请求老师的同意了！"就进屋来，硬是要我收下拜师的礼物，并向我下拜。

我再三推辞不成，只好允许与他的关系介于老师和朋友之间。这以后，和他一起去探寻禹穴，攀升香炉峰，登陟秦望山，又同访兰亭遗址，徘徊游赏于云门、若耶，鉴湖和剡溪边。萝石每天听到以前所未知的道理，其收获日益丰富，就欣欣然乐而忘归。萝石家乡的子弟亲友，以及平时一起搞诗社的人，有的讥笑非难，有的作诗寄来招他回去，而且说："你已经老了，何必还这样使自己受苦呢？"萝石笑道："我刚在庆幸自己逃出了苦海，也刚懂得可怜你们的自讨苦吃，怎么你们反而认为我在受苦？我现在正像一条大鱼扬鳍在渤海中遨游，像一只大鸟展翅在云霄上翱翔，怎么还肯重返网罗，重入樊笼！各走自己的路吧！我从此只顺从自己的爱好了。"就自号为"从吾道人"。

我听见以后感叹说："萝石真是了不起！既已到了'血气既衰，戒之在得'的阶段了，谁还能挺然独特地努力奋发，像年轻人那样英勇进取呢？他真正称得上能'顺从我自己的爱好'了。世人顺从其对于名的爱好，而彼此相争，把自己凌驾于别人之上；顺从其对于利的爱好，而贪得无厌，相互夺取；顺从其心意耳目的爱好，而用诈伪互相欺骗。他们都以为是在顺从我自己的爱好，但这些人哪里知道'我'之所以成为'真我'的东西呢？我之所以成为'真我'的东西，也就是所谓的良知。做父亲的慈爱，做儿子的孝顺，这都是出于良知的爱好；而不慈爱、不孝顺，那就是良知所憎恶的了。言语忠信，行为笃敬，这都是出于良知的爱好；而言语不忠信，行为不笃敬，那也都是良知所憎恶的了。对于名利、物欲的爱好，是‘私我’的爱好，是天下人共同憎恶的；发于良知的爱好，则是‘真我’的爱好，也是天下人共同的爱好。所以，顺从‘私我’的爱好，天下的人就都憎恶他，尽管他费尽心力，也只会越弄越糟，终生地忧愁苦恼，这就是所谓外物的仆役。听从‘真我’的爱好，则会受到天下人的喜爱，他们不论是处置国家以至天下的事务，都不会不适宜，不论置身于富贵、贫贱、患难、夷狄之中，都不会不怡然自得，这样的人才称得上是能顺从我自己的爱好。孔子曾说：‘我十五岁的时候立下求学问的志向’，这是他顺从自己的开始；孔子又说：‘我到了七十岁的时候，能随心所欲而行为不违反规矩’，这是他顺从自己而进入了变化自如的境界。萝石年过六十才开始懂得顺从自己的学问，不要以为已经为时过晚。发扬萝石的勇气，要达到‘随心所欲而不逾矩’的境界，又算得了什么？唉！世上忙碌地追求物欲的人，听说了萝石的风采，也应知道该归向追随什么了吧！”

梁仲用默斋说

本篇是阳明对"默"的解说。梁仲用有心克服自己生性偏激、说话轻率的缺点，将自己所居之处取名为"默斋"，并向阳明请教"默"的道理。阳明指出，世人的沉默寡言，也可能包含着愚钝、狡猾、欺瞒和残贼，而真正的沉默寡言，则应像圣贤教导的那样，出于实事求是的诚意，出于唯恐言行不符的谨慎，出于包容兼蓄的谦虚，出于深思好学的勤奋。

仲用识高而气豪①，既举进士，锐然有志天下之务②。一旦责其志曰："於呼③！予乃太早，乌有己之弗治而能治人者④！"于是专心为己之学，深思其气质之偏而病其言之易也⑤，以"默"名庵，过予而请其方⑥。予亦天下之多言人也，岂足以知默之道。然予尝自验之⑦：气浮则多言⑧，志轻则多言。气浮者耀于外⑨，志轻者放其中⑩。予请诵古之训而仲用自取之⑪。

夫默有四伪：疑而不知问，蔽而不知辩，冥然以自罔⑫，谓之默之愚；以不言餂人者⑬，谓之默之狡；虑人之觇其长短也⑭，掩覆以为默⑮，谓之默之诬⑯；深为之情，厚为之貌，渊毒阱狠[17]，自托于默以售其奸者[18]，谓之默之贼[19]。夫是之谓“四伪”。

【注释】

① 豪：豪迈。② 锐然：勇于进取的样子。务：事务。③ 於（wū）呼：同“呜呼”，叹词。④ 乌有：怎么有。⑤ 偏：偏激。易：率易。⑥ 过予：访问我。方：方法。⑦ 验：体验。⑧ 浮：浮躁。⑨ 耀：炫耀。⑩ 放：放任。中：心中。⑪ 诵：诵读。⑫ 冥然：愚钝貌。罔（wǎng）：无知。⑬ 餂（tiǎn）：探取。《孟子·尽心下》：“可以言而不言，是以不言餂之也。”⑭ 觇（chān）：窥视。长短：长处与不足。⑮ 掩覆：掩藏。⑯ 诬：欺骗。⑰ 渊：深。阱（jǐng）：陷阱。⑱ 托：托词。售：卖，喻散布。⑲ 贼：为害社会的恶人。

又有八诚焉：孔子曰：“君子耻其言而过其行[1]。”“古者言之不出，耻躬之不逮也[2]。”故诚知耻而后知默。又曰：“君子欲讷于言而敏于行[3]。”夫诚敏于行而后欲默矣。“仁者，（其）言也讱[4]。”非以为默而默存焉。又曰：“默而识之[5]。”是故必有所识也；“终日不违，如愚”者也[6]。“默而成之”[7]，是故必有所成也；“退而省其私，亦足以发”者也[8]。故善默者莫如颜子[9]。“闇然而日章”[10]，默之积也。“不言而信”[11]，而默之道成矣。“天何言哉？四时行焉，万物生焉[12]”，而默之道至矣。非圣人，其孰能与于此哉[13]！夫是之谓“八诚”。仲容盍亦知所以自取之[14]。

【注释】

① 行：行为。语见《论语・宪问》。② 不逮：做不到。语见《论语・里仁》。③ 讷：迟钝。敏：敏捷。语见《论语・里仁》。④ 讱(rèn)：迟钝。语见《论语・颜渊》。仁者所以“其言也讱”，是因为要将“仁”贯彻到实践中去很困难，“为之难，言之得无讱乎？”亦见《论语・颜渊》。⑤ 识(zhì)：记住。语见《论语・述而》。⑥“终日”两句：语见《论语・为政》。孔子说，他与颜渊谈论终日，颜渊从不提出不同的意见，好像很愚笨。朱熹《论语集注》认为，颜渊的“如愚”，是因为他在“默而识之”。⑦ 成：完成。语见《易・系辞上》。⑧“退而”二句：与上“终日不违，如愚”，同出《论语・为政》，指颜渊对老师的讲话从不提问，看似是个愚笨的人，但自修时和同学们谈论，所说的话却能对人有启发。⑨ 善：善于，懂得。⑩ 闇(yín)然：不显明貌。章：显明。语见《礼记・中庸》。⑪ 信：信服。语见《易・系辞上》。⑫“天何”三句：语见《论语・阳货》。⑬ 孰：谁。与：参与。⑭ 盍(hé)：何不。所以：如何。

【翻译】

仲用的为人，见识很高，气概豪迈。他成为进士以后，锐气勃勃地有志于治理天下大事。一天，他突然责备自己的这种志向说：“唉！我这是太性急了，哪里有自己还未管理好而能管理他人的？”从此，他专心地做完善自己的学问。仲用考虑到自己的气质过于偏激，说话过于轻率，将自己的居室取名为“默斋”，并来向我请教“默”的道理。其实我自己也是个天下有名多言语的人，哪里能说得清关于“默”的道理呢！但是我也曾经体验过：心气浮躁，就会多言语；志意轻率，就会多言语。因为心气浮躁的人喜欢对外炫耀，志意轻率的人则内心缺少约束。我还是念诵些古人的教导，而请仲用自己来选择吧！

“默”有四种类型是属于虚伪不实的：明明心中有疑难而不向人提问，有不明白的地方也不与人辩说，昏昏然地自甘停留于无知状态，这可称作是愚钝的“默”；自己不说话而去探取别人的心意，可称作是狡猾的“默”；害怕别人了解自己的优缺点，为掩藏自己而不说话，可称作是欺瞒的“默”；感情深藏，相貌朴厚，其实却恶毒深沉如渊水，阴狠隐伏如陷阱，推脱不会说话而伺机行恶，那就是残害人的“默”了。以上所说的，是“默”的四种虚伪类型。

此外，又有八种诚实的“默”。孔子说：“君子以言过其实为可耻”，“古人不随便说话，因为说了做不到是可耻的”，所以只有确实知“耻”才会知道“默”。孔子又说：“君子希望说得迟缓而做得敏捷”，那是要确实做事敏捷然后才希望“默”。“仁人的说话很迟钝”，那是并非故意去“默”而“默”已自然存在了。孔子还说：“在沉默中把听到、见到的记在心中”，所以“默”的人必定有所识知。颜渊在听孔子讲论时，“整天不反问，好像是个愚笨的人”，就是在默识。又说：“在沉默中完成。”所以“默”的人必定有所成就。颜渊在听孔子讲论时终日不反问，而“在自修时和同学谈论，所说的话却对人很有启发”，因而最懂得“默”的是颜渊。《礼记·中庸》中所说的君子之道“由不明显而日渐显露”，这就是“默”的积累。《易·系辞上》所说的“不言语而令人信服”,就是“默”这一道德的完成。而孔子所说的“天何曾说了什么?却使四时运行,万物化生”,那是“默”这种道德到了至高境界。这种境界,除了圣人,谁能够达到?这就是我所知道的八类诚实的“默”。仲用啊,你该知道如何去选择并实践了吧!

示弟立志说

本篇是阳明劝兄弟守文立志的论说，反复解析，委婉周致，使人既感受到兄弟之间的厚谊，又领略到师生之间的严厉。

予弟守文来学，告之以立志。守文因请次第其语①，使得时时观省②，且请浅近其辞③，则易于通晓也。因书以与之④。

夫学莫先于立志。志之不立，犹不种其根而徒事培壅灌溉，劳苦无成矣⑤。世之所以因循苟且、随俗习非⑥，而卒归于污下者⑦，凡以志之弗立也⑧。故程子曰⑨：有求为圣人之志，然后可与共学。人苟诚有求为圣人之志⑩，则必思圣人之所以为圣人者安在⑪，非以其心之纯乎天理而无人欲之私欤⑫？圣人之所以为圣人，惟以其心之纯乎天理而无人欲，则我之欲为圣人，亦惟在于此心之纯乎天理而无人欲耳。欲此心之纯乎天理而无人欲，则必去人欲而存天理。务去人欲而存天理⑬，则必求所以去人欲而存天理之方⑭，求所以去人欲而存天理之方，则必正诸先觉⑮，考诸古训，而凡所谓学问之功者，然后可得而讲，而亦有所不容已矣⑯。

【注释】

① 次第：次序，此处作动词用。② 观省：观览对照。③ 浅近其辞：把话说得浅显易懂。④ 与：给予。⑤ 无成：无收获。⑥ 习非：习惯于缪误。⑦ 卒：最终。污下：卑下。⑧ 凡：都是。⑨ 程子：程颐，与兄程颢同为北宋理学家，人称“二程”。⑩ 苟：假如。诚：确实。⑪ 安在：在何处。⑫ 纯乎天理：纯是良知。欤：吗。⑬ 务：致力于。⑭ 方：方法。⑮ 正：求正。诸：于。先觉：认识事物在他人之前者。⑯ 已：停止。

夫所谓正诸先觉者，既以其人为先觉而师之矣，则当专心致志[①]，惟先觉之为听[②]。言有不合，不得弃置[③]，必从而思之；思之不得，又从而辨之[④]，务求了释[⑤]，不敢辄生疑惑[⑥]。故《记》曰：“师严然后道尊[⑦]，道尊然后民知敬学[⑧]。”苟无尊崇笃信之心，则必有轻忽慢易之意[⑨]。言之而听之不审[⑩]，犹不听也；听之而思之不慎，犹不思也。是则虽曰师之，犹不师也。

夫所谓考诸古训者，圣贤垂训[⑪]，莫非教人去人欲而存天理之方，若《五经》《四书》是已；吾惟欲去吾之人欲存吾之天理，而不得其方，是以求之于此。则其展卷之际[⑫]，真如饥者之于食，求饱而已；病者之于药，求愈而已[⑬]；暗者之于灯，求照而已；跛者之于杖[⑭]，求行而已，曾有徒事记诵讲说以资口耳之敝哉[⑮]！

【注释】

①致志：用志。②惟……为听：唯听…… ③弃置：丢在一边。④辨：辨识。⑤了释：明了无疑。⑥辄（zhé）：即。⑦道尊：尊崇道德。⑧敬学：敬重学问。⑨轻忽：忽视。慢易：怠慢。⑩审：详慎。⑪垂训：遗留教训。⑫展卷：打开书卷。⑬愈：病愈。⑭跛（bǒ）：瘸足。⑮徒事：只从事。资：用作。

夫立志亦不易矣。孔子，圣人也，犹曰："吾十有五而志于学，三十而立[①]。"立者，志立也。虽至于"不逾矩"[②]，亦志之不逾矩也。志岂可易而视哉[③]！夫志，气之帅也，人之命也，木之根也，水之源也。源不浚则流息[④]，根不植则木枯，命不续则人死，志不立则气昏[⑤]。是以君子之学，无时无处而不以立志为事。正目而视之，无他见也；倾耳而听之，无他闻也。如猫捕鼠，如鸡覆卵，精神心思，凝聚融结，而不复知有其他，然后此志常立，神气精明，义理昭著[⑥]。一有私欲，即便知觉，自然容住不得矣[⑦]。故凡一毫私欲之萌，只责此志不立，即私欲便退；听一毫客气之动[⑧]，只责此志不立，即客气便消除；或怠心生[⑨]，责此志即不怠；忽心生[⑩]，责此志即不忽；懆心生[⑪]，责此志即不懆；妒心生[⑫]，责此志即不妒；忿心生[⑬]，责此志即不忿；贪心生，责此志即不贪；傲心生，责此志即不傲；吝心生[⑭]，责此志即不吝。盖无一息而非立志责志之时[⑮]，无一事而非立志责志之地。故责志之功，其于去人欲，有如烈火之燎毛⑯、太阳一出而魍魉潜消也⑰。

【注释】

① 立：用学到的道理立身行事。语见《论语·为政》："吾十有五而志于学，三十而立，四十而不惑，五十而知天命，六十而耳顺，七十而从心所欲，不逾矩。"② 不逾矩：不违反法度。③ 易而视：看得很容易。④ 浚：疏浚。⑤ 昏：晦暗。⑥ 昭著：昭明。⑦ 容住：容留。⑧ 客气：虚傲之气。⑨ 怠：怠惰。⑩ 忽：轻忽。⑪ 懆（cǎo）：忧愁。⑫ 妒（dù）：妒忌。⑬ 忿（fèn）：愤恨。⑭ 吝（lìn）：吝啬。⑮ 盖：用于句首的语气词。一息：一刻。⑯ 燎（liáo）：烘烤。⑰ 魍魉（wǎng liǎng）：鬼怪。潜消：消失。

自古圣贤，因时立教，虽若不同，其用功大指无或少异①。《书》谓"惟精惟一"②，《易》谓"敬以直内，义以方外"③，孔子谓"格致诚正"④、"博文约礼"⑤，曾子谓"忠恕"⑥，子思谓"尊德性而道问学"⑦，孟子谓"集义"、"养气"⑧、"求其放心"⑨，虽若人自为说，有不可强同者⑩，而求其要领归宿⑪，合若符契⑫。何者？夫道一而已。道同则心同，心同则学同，其卒不同者⑬，皆邪说也。后世大患，尤在无志，故今以立志为说，中间字字句句，莫非立志，盖终身问学之功，只是立得志而已。若以是说而合"精一"，则字字句句皆"精一"之功；以是说而合"敬义"，则字字句句皆"敬义"之功；其诸"格致"、"博

约”、“忠恕”等说⑭，无不吻合⑮，但能实心体之⑯，然后信予言之非妄也。

【注释】

① 大指：宗旨，大意。少异：稍异。② 惟精惟一：精心一意。《尚书・大禹谟》：“惟精惟一，允执其中。”③“敬以直内，义以方外”：语见《易经・坤卦・文言》。敬：恭敬。直、方：均有“正”意。内：内心。外：内心的外在表现，指形貌、言行等。④ 格致诚正：《礼记・大学》：“致知在格物，物格而后知至，知至而后意诚，意诚而后心正。”⑤ 博文约礼：语出《论语・子罕》：“博我以文，约我以礼。”这是颜渊自述孔子对他教育的两个方面：以文化知识使我学问广博，以礼来约束我的行动。⑥ 曾子：曾参，孔子的学生。忠恕：真诚宽容。《论语・里仁》：“夫子之道，忠恕而已矣。”⑦ 子思：孔子之孙，名伋。“尊德性而道问学”：德性：道德。道(dǎo)：引导。⑧“集义”、“养气”：《孟子・公孙丑上》：“我善养吾浩然之气……是集义所生者，非义袭而取之也。”指人的涵养气质与意志，浩气由内心生成，与道义并生，而不只是袭取道义的表面。⑨“求其放心”：《孟子・告子》：“学问之道无他，求其放心而已矣。”放：放散。指人追求学问，是为了追回放散的本心，以归于仁义。⑩ 强同：勉强合一。⑪ 归宿：指归，着落。⑫ 符契：符信，契约。古代的符契都分为两半，检验时合而为一始有效。合若符契，即完全相合。⑬ 卒：终，最后。⑭ 诸：之于。⑮ 吻(wěn)合：符合。⑯ 体之：体会它。之，指示代词。

【翻译】

我弟弟守文前来随我学习，我告诉他必须立志。守文因而请我把这意思条理化而成为文字，以便经常观览反省，并要我说得浅近些，使他易于领会。所以写出以下的文字给他。

求学首先要立志，志向未立，就如未植树根，只是培土灌溉，虽然辛苦，终无成果。世上的人所以因循苟且、随顺世俗、习惯于谬误，最后变得卑下，都是由于没有立志。所以程子说："有着要求使自己成为圣人的志向的人，才可以同他一起学习。"人如确实怀有要求使自己成为圣人的志向，他必定要考虑圣人所以会成为圣人的原因何在，那不就是由于圣人心怀纯一的良知而无私欲吗！既然圣人所以能成为圣人，只是由于他心怀纯一的良知而无私欲，那么，我想成为圣人，也唯有心怀这纯一的良知而摒弃私欲。要想心怀纯一的良知而无私欲，就必须去除私欲而保存良知。要想去除私欲而保存良知，又必须求得如何去私欲而存良知的方法。要想求得去私欲而存良知的方法，则必须就正于先觉，就正于古人的教导。这样，凡是有关学问的功夫，也就由此可得以一一讲求，并且也就不容你停止讲求了。

所谓就正于先觉的意思是：你既然以其人为先觉而师从他，就应专心致志，一心听从先觉的教导。遇到先觉所言有不合意的地方，不能就扔下不顾，而必须由此去思考；思考不得结果，又去与人讲辩，直到明白为止，不可轻易产生疑惑。所以《礼记·学记》说："师严了才能道尊，道尊了民众才会知敬重学问。”如果没有尊崇笃敬之心，就必然会生轻率傲慢之意。对于先觉的言论听了不详慎究明，就等于没听；听了以后不加慎重的思考，仍然等于没有思考。那样的话，虽说是以先觉为师，等于并没有以他为老师。

所谓就正于古人的教导的意思是：圣贤遗留的教导，无一不是教人去私欲而存良知的方法，如《五经》、《四书》都是；我想要去除私欲而保存良知，而得不到具体的方法，所以要求正于圣贤的教导。那么在展卷读书时，就像饥饿的人对于食物，只求饱腹；生病的人对于药物，只求病愈；处于黑暗的人对于灯光，只求照明；瘸腿的人对于拄杖，只求助行而已，哪里会有白白地背诵讲说只供口谈耳听之用的毛病呢？

立志是不容易的。孔子是圣人，还说：“我十五岁时有志求学，到三十岁时才能确立。”他所说的“确立”，正是指志向的确立。虽然到了他七十岁时能随心所欲而“不违反规矩”，也仍然是指他所立的志向能够不违反规矩了。所以，立志岂可看作是容易的？一个人的志向，是气的统帅，人的性命，树木的根株，水流的源头。水源不加疏浚则水不流，根株不加培植则树木枯，生命不加延续则人死，志向不立则精神黯淡。所以君子的学问，无时无地不以立志为内容。要正眼而视，眼中不见他事；倾耳而听，耳中不闻他声。就像猫捉鼠、鸡孵育蛋那样，精神心思全都凝聚、融结在这一点上，而不知有其他的事物。然后志向才能确定不移，神气精明，道理明白。心中一有私欲出现，自己立即能察觉，当然就容不得它存于胸中。凡是有丝毫的私欲萌生，只要自责志向不坚定，私欲就立即退却；有丝毫的虚傲之气萌动，只要自责志向不坚定，虚傲之气就立即消除。

如果有了怠惰之心，只要自责就不怠惰；有了轻率之心，只要自责就不轻率；有了忧愁之心，只要自责就不忧愁；有了妒忌之心，只要自责就不妒忌；有了贪婪之心，只要自责就不贪婪；有了骄傲之心，只要自责就不骄傲；有了吝啬之心，只要自责就不吝啬。总之，没有一刻不是立志和自责志向不立之时，没有一处不是立志和自责志向不立之地。自责的功夫对于去除私欲，就像用烈火去烤燎皮毛，就像太阳一出鬼怪潜伏消失。

古代的圣贤是顺应其时世而立下教导的，虽然看起来说法不同，其实他们所说的用功的大意并无不同。《尚书》所说的"必须精心一意"，《易经》所说的"以恭敬来使内心端直，以道义来使形貌、言行等方正"，孔于说的"格物、致知、诚意、正心"，及其教导颜渊的"博文约礼"，曾子所说的"忠恕"，子思所说的"尊德性而道问学"，孟子所说的"集义"、"养气"、"求其放心"，看起来像是人各一辞，具有不能强予混同之处，但如求他们的要领和目的所在，仍然十分契合。这是为什么呢？因为天下的大道理只有一个，道相同就心相同，心相同则学问也相同。那些终于不相同的，就都是邪说。后世的大毛病，尤其在于人无志向，所以我今天以立志为说，上面说的字字句句，无非是要人立志。一个人终身求学的功夫，就是为了要立定志向。如果以我的说法和"惟精惟一"的说法合起来，就字字句句都在说"惟精惟一"的道理；以我的说法和"敬以直内，义以方外"的说法合起来，就字字句句都在说"敬义"的道理。我的说法和"格致"、"博约"、"忠恕"等说法，也都无不吻合。只要能切实去体会，然后就能相信我的说法不是妄言。

惜 阴 说

本篇是阳明对爱惜光阴的论说。阳明于嘉靖初年从江西任上返回家乡，屡次推辞朝廷封爵，专意讲学。各地学生或远道前来，或通信请教，继续与老师讨论“致良知”的学问。嘉靖五年，江西学生刘邦采在安福组织了“惜阴会”，来信请阳明题写会籍，阳明即以“惜阴”立说，勉励参加此会的学生：不论聚会还是散会，都要珍惜光阴，一刻不懈地从事“致良知”的功夫。

同志之在安成者①，间月为会五日②，谓之“惜阴”，其志笃矣。然五日之外，孰非惜阴时乎？离群而索居③，志不能无少懈④，故五日之会，所以相稽切焉耳⑤。

呜呼！天道之运，无一息之或停；吾心良知之运，亦无一息之或停。良知即天道，谓之“亦”则犹二之矣。知良知之运无一息之或停者，则知惜阴矣；知惜阴者，则知致其良知矣。子在川上曰：“逝者如斯夫，不舍昼夜⑥。”此其所以“学如不及”⑦至于“发愤忘食”也⑧。尧舜“兢兢业业”⑨，成汤“日新又新”⑩，文王“纯亦不已”⑪，周公“坐以待旦”⑫。惜阴之功，宁

独大禹为然⑬！子思曰⑭：“戒慎乎其所不睹，恐惧乎其所不闻⑮”，“知微之显，可以入德矣⑯。”

或曰：“鸡鸣而起，孳孳为利”⑰；“凶人为不善，亦惟日不足⑱。”然则小人亦可谓之惜阴乎？

【注释】

① 同志：志同道合者。安成：江西安福县，属吉安府，阳明曾在当地居留。② 间月：隔月。为会：聚会。③ 离群而索居：离开朋友独处。④ 少懈：稍有松懈。⑤ 稽切：督责。⑥“逝者”二句：语见《论语·子罕》。逝者：消逝的事物。如斯：如同这样。⑦“学如不及”：语见《论语·泰伯》。不及：来不及。⑧ 发愤忘食：语见《论语·述而》。⑨ 兢兢业业：语见《尚书·皋陶谟》。⑩ 成汤：商代开国之君。日新又新：语见《礼记·大学》，言德业日日更新。⑪ 纯亦不已：语见《礼记·中庸》，言文王之德纯一，且运行不已。《中庸》以文王纯一之德同于天道，所以有“亦”字。⑫ 坐以待旦：语见《孟子·离娄》，言周公日夜操劳，半夜即起身等候天明。⑬ 大禹：古代传说中的人物。相传尧舜时有特大洪灾，大禹为了疏导河流，消除水患，辛苦奔走，十年不入家门，因而成为古代珍惜光阴的典型人物。⑭ 子思：孔伋。⑮“戒慎”二句：语见《礼记·中庸》。戒慎：谨慎。言君子心常存敬畏，在没有人听到、见到他的时候，也不敢放松自己。⑯“知微”二句：语见《礼记·中庸》。意为懂得由隐微转化为明显的道理，就可以达到圣人的德行。之：到。入德：入于圣人之德。⑰“鸡鸣”二句：语见《孟子·尽心上》，言小人劳碌于谋利。⑱“凶人”二句：语见《尚书·泰誓》，

言凶人也在竭日夜之力行恶。

【翻译】

在安成的同道们，每隔一月相聚讨论五天，取名“惜阴会”，他们的志向真可称得上笃实。但除了这相聚的五天，其余的日子里哪一刻不是值得珍惜的时间呢？这是因为在离群独处时，人的意志不能不稍微松懈，所以隔月一次的五天聚会，正是用来互相督责的机会。

唉！天道的运行，没有一刻的停息；我们心中良知的活动，也没有一刻的停息。良知即天道，如果把这“即”说成是“亦”，那么良知和天道就好像是两回事了。懂得良知的活动是无时停息的人，就会懂得珍惜光阴；懂得珍惜光阴的人，当然也就懂得去获致他的良知了。当年孔子站在一条流水边说：“世间万事万物的消逝，也就同这水一样吧——昼夜间一刻也不停息。”所以他求学要如同来不及的样子，以至于用起功来发愤忘食。古代的尧舜治理国家兢兢业业，商代的国君成汤日日更新他的德业，周文王的纯一之道如同天道似地运行不息，周公更是半夜就起身等候天明。珍惜光阴的功夫，哪里只有大禹是这样呢？子思说：“要在无人看见你的时候仍然警惕、谨慎，在无人听见你的时候仍然栗栗危惧。”“懂得从隐微转化为明显的道理，就可以达到圣人的德行了。”

有人说，孟子曾经提到，那种劳劳碌碌谋求私利的人，也是每天听见鸡啼就起身的；《尚书》中也提到，即使是凶人，也在日夜不停地行恶。但这些小人的行为难道也可被称为是“惜阴”吗？

书中天阁勉诸生

本篇为阳明在家乡龙泉寺中天阁壁间的题词,时在嘉靖四年(1525)。阳明居乡期间,曾与学生在中天阁相聚讲学,师生共同切磋学问,临别题词,希望学生们坚持定期聚会,取长补短,增进修养。古人对于师友间的问学和切磋极为重视,阳明特别告诫学生,相聚讲习时,务必虚心诚恳,切忌争强好胜;更不能恃己之长,攻人之短;至于浮躁矫情,偏激愤嫉,则更为有害。

"虽有天下易生之物,一日暴之,十日寒之,未有能生者也"①。承诸君之不鄙②,每予来归③,咸集于此④,以问学为事,甚盛意也⑤。然不能旬日之留⑥,而旬日之间,又不过三四会,一别之后,辄复离群索居,不相见者动经年岁⑦,然则岂惟十日之寒而已乎⑧?若是而求萌蘖之畅茂条达⑨,不可得矣。故予切望诸君勿以予之去留为聚散⑩,或五六日,八九日,虽有俗事相妨⑪,亦须破冗一会于此⑫。务在诱掖奖劝,砥砺切磋,使道德仁义之习日亲日近,则世利纷华之染亦日远日疏⑬,所谓"相观而善⑭","百工居肆以成其事"

者也[15]。

【注释】

①“虽有”二句：语见《孟子·告子上》。暴（pù）：曝晒。② 不鄙：不嫌弃，谦词。③ 来归：归还家乡。④ 咸：都。⑤ 盛意：厚意。⑥ 旬日：十天半月。⑦ 动：经常。⑧ 岂惟……而已乎：岂止……呢？⑨ 萌蘖（niè）：萌芽。畅茂：繁盛。条达：枝条健壮貌。⑩ 勿以……聚散：不要因为……才聚集或解散。⑪ 妨：阻碍。⑫ 破冗：排除杂冗。⑬ 远：远离。疏：淡薄。⑭“相观而善”：《礼记·学记》：“相观而善谓之摩。”观摩，指互相提问讨论。⑮“百工”句：语见《论语·子张》。百工，各类工匠。居肆，居于作坊。

相会之时，尤须虚心逊志[1]，相亲相敬。大抵朋友之交[2]，以相下为益[3]。或议论未合，要在从容涵育[4]，相感以诚[5]，不得动气求胜，长傲遂非[6]。务在默而成之[7]，不言而信[8]。其或矜己之长[9]，攻人之短，粗心浮气，矫以沽名[10]，讦以为直[11]，挟胜心而行愤嫉[12]，以圮族败群为志[13]，则虽日讲时习于此，亦无益矣。诸君念之念之！

【注释】

① 逊志：志意谦逊。② 大抵：大致。③ 相下：互相谦让。④ 涵育：涵养化育。⑤ 相感以诚：以诚意互相感化。⑥ 长傲：增长傲气。遂非：坚持错误。⑦ 默而成之：默默

地成就。⑧ 不言而信：不用言词来使人信服。以上两语见《易·系辞》。⑨ 矜(jīn)：自负。⑩ 矫：做作。沽名：猎取名声。⑪ 讦(jié)：攻击。直：正直。⑫ 挟(xié)胜心：怀有好胜之心。⑬ 圮(pǐ)族：见《尚书·尧典》，据《尚书》旧注，为“毁败善类”之意。败群：语出《汉书·卜式传》，为破坏同类、社会之意。

【翻译】

孟子说：虽然有天下最容易生长的植物，如果让它晒上一天太阳，然后冻上十天，必定不能生长。承各位不嫌弃，每逢我回乡，都聚集到这里来向我问学，真是一片厚意。但我在这里停留不到十天，而以十天来计算，其间也不过与各位会晤三四次。一旦分手以后，大家就又离群索居，常常经年累月不能相见，那么，我们所经受的又岂止是“十日之寒”而已呢？在这种情况下，想要根芽茁壮，枝叶茂盛，自然是不可能的了。所以我殷切地希望各位，不要因我回来才聚会，因我的离去而散会，以后应该或隔五六天，或隔七八天，虽然有俗事阻碍，仍然要排除冗杂事务来此聚会。务必互相诱导勉励，切磋砥砺，使得在接受道德仁义的熏陶中日渐亲近，那么，对于世俗名利的侵染就会日渐疏远。正如古人所说的那样，经过相互观摩而共同提高，正如百工齐集于一肆而共成其事。

相会的时候，特别要注意虚心逊志，互相亲近，互相敬重。一般说来，朋友交往应彼此谦下才有益处。如果议论有所不合，也应态度从容，彼此包涵，以诚意互相感化，不能动气争胜，滋长傲气，坚持错误。务须默默地造就自己，不用言语而使别人信服。如果夸耀自己的长处，攻击别人的短处；或者心浮气躁，用矫饰的言行来博取名声，用揭人短处来表示自己的正直；或者怀着好胜之心而做愤世嫉俗的事，或者竟以毁败善类、破坏社会为意向，那么，虽然天天聚在这里讲习学问，也没有丝毫的益处。请各位将我的话切记切记！

书朱守乾卷

本篇是阳明与学生朱守乾分别时所作的题词，古人师友相处，常请老师在专门的卷册上题写勉励之词。阳明以“致良知”勉励学生，并将良知解释为不论古今、贤愚的人心中都具有的“是非之心”，人有了是非之心，就能向善去恶。阳明又指出，学习和思考，并不能产生良知，所谓“致”良知，就是使“良知”能真正指导自己的思想和行动。

黄州朱生守乾请学而归①，为书“致良知”三字。夫良知者，即所谓是非之心，人皆有之，不待学而有②，不待虑而得者也。人孰无是良知乎③？独有不能致之耳④。自圣人以至于愚人，自一人之心以达于四海之远，自千古之前以至于万代之后，无有不同是良知也者⑤，是所谓天下之大本也。致是良知而行，则所谓天下之达道也⑥。天地以位⑦，万物以育⑧，将富贵、贫贱、患难、夷狄无所入而弗自得也矣⑨。

【注释】

① 黄州：今湖北黄冈。生：老师对学生的称呼。② 不

待：不需。③ 孰：谁。④ 独：只。致：招致。阳明所说的"致良知"，是把每个人所本有的良知招致来，使其真正指导自己的思想和行动。⑤ 是：此，这。⑥ 达道：大道。⑦ 天地以位：天地安于其位。⑧ 万物以育：万物得以生长繁育。《礼记·中庸》："天地位焉，万物育焉。"⑨ 夷狄：少数民族。入：掺入。自得：得意。

【翻译】

黄州学生朱守乾来向我问学后回去，我书赠他"致良知"三字。所谓良知，就是人们所说的是非之心。是非之心是每人心中本来都有的，并不是要经过学习才具有，经过思考才获得的。只要是人，谁心中没有这种良知呢？只是有人不能把它招致来罢了。从圣人到愚人，从一个人的内心到远在四海之际的所有人的心，从千古以前的人直至万代以后的人，没有不是同样具有这种良知的，这就是所谓天下的根本。将这良知招致来，照着去做，这就是所谓天下的大道。天地由此而定位，万物由此而繁荣生长，而且无论是置身于何处，不管是富贵、贫贱、患难、夷狄，都不会不怡然自得。

书正宪扇

本篇是阳明在学生正宪扇面上的题词，专门论说了骄傲对人的害处，谆谆告诫，语重心长。骄傲的反面是谦虚，阳明认为，谦虚不应仅是外貌上的谦恭，更应是内心的恭敬、克制和谦退。人的孝悌、忠诚等美德，都与谦虚有关，即使尧舜那样的圣贤，也都因怀有至诚的谦虚，所以人格能焕发深远的感召力。

今人病痛大段只是傲①，千罪百恶，皆从傲上来。傲则自高自是②，不肯屈下人③。故为子而傲，必不能孝；为弟而傲，必不能弟④；为臣而傲，必不能忠。象之不仁⑤，丹朱之不肖⑥，皆只是一傲字，便结果了一生，做个极恶大罪的人⑦，更无解救得处。汝曹为学⑧，先要除此病根，方才有地步可进。

傲之反为谦，“谦”字便是对症之药，非但是外貌卑逊⑨，须是中心恭敬，撙节退让⑩，常见自己不是⑪，真能虚己受人⑫。故为子而谦，斯能孝⑬；为弟而谦，斯能弟；为臣而谦，斯能忠。尧舜之圣，只是谦到至诚处，便是“允恭克让”⑭、“温恭允塞”也⑮。汝曹勉

之敬之，其毋若伯鲁之简哉⑯！

【注释】

①大段：主要，重要。②自高自是：自高自大，自以为是。③屈下：屈己下人。④弟：顺从兄长。⑤象：传说中舜的弟弟，曾谋害舜，所以是“不仁”。⑥不肖：不似其先，通常指儿子不似其父。⑦极恶大罪：罪大恶极。⑧汝曹：你们。⑨卑逊：谦卑逊让。⑩撙(zǔn)节：克制。《礼记·曲礼》：“是以君子恭敬撙节，退让以明礼。”⑪不是：错失。⑫虚己受人：虚心接受他人的批评。⑬斯：则。⑭“允恭克让”：语见《尚书·尧典》。允：诚信。恭：恭敬。克：能。让：谦让。⑮“温恭允塞”：语见《尚书·舜典》。温：温和。塞：充实。⑯伯鲁：疑指伯子。《论语·雍也》说子桑伯子“居简而行简，无乃大(太)简”。简：简率，指内心缺乏恭敬之忱。

【翻译】

今人的毛病主要就是骄傲，世上的千罪百恶，都是从骄傲上生出来。骄傲的人就自高自大，自以为是，不肯服从他人。所以做儿子的如果骄傲，必然不能对父母孝敬；做弟弟的如果骄傲，必然不能对兄长顺从；做臣子的如果骄傲，必然不能对君主忠诚。古代的象所以不仁，丹朱所以不像唐尧，都是因为一个“傲”字，结果断送了一生，成为罪大恶极的人，再也无从解救。你们做学问，首先要除去骄傲这病根，方才有前进的地步。

骄傲的反面是谦虚，“谦”是治“傲”的对症良药。不但要外貌谦逊,更应是内心恭敬,遇事克制忍让,时时看到自己的错失,真正使自己虚心接受别人的意见。所以,为人儿子而能谦虚,就能孝敬父母,为人弟弟而能谦虚,就能顺从兄长,为人臣子而能谦虚,就能忠于君上。像尧舜那样的圣人,只是因为谦虚到了至诚的地步,所以确实恭敬而谦让,温和敬谨而又的确充实。你们要自勉敬慎,千万别像古代的子桑伯子那样简率啊!

新建预备仓记

本篇是阳明为家乡绍兴新建的预备粮仓所作的记述文。绍兴素称鱼米之乡，在明代农商手工业都已很发达。但是由于人多地少，稍遇自然灾害，饥荒就会接踵而至。弘治年间的佟知府，为了增强地方救荒赈灾的能力，在任期间，主持建造了一座粮仓，利用租金等收入购藏谷物，以备荒年救济饥民之用。对于佟知府的这一政绩，阳明给予高度评价。阳明作此文时年仅三十二岁，初入仕途，已表现出体恤民情之意。

仓廪以储国用①，而民之不给亦于是乎取②，故三代之时③，上之人不必其尽输之官府④，下之人不必其尽藏于私室⑤。后世若常平、义仓⑥，盖犹有所以为民者，而先王之意亦既衰矣⑦。及其大敝，而仓廪之蓄遂邈然与民无复相关⑧。其遇凶荒水旱，民饿莩相枕藉⑨，苟上无赈贷之令⑩，虽良有司亦坐守键闭⑪，不敢发升合以拯其下⑫。民之视其官廪，如仇人之垒，无以事其刃为也⑬。呜呼，仓廪之设，岂固如是也哉?

【注释】

① 仓廪(lǐn):粮仓。国用:国家所需的用途。② 不给(jǐ):不足。于是:从这里。③ 三代:指夏、商、周时代。④ 输:缴纳。⑤ 私室:私家。⑥ 常平:常平仓,始设于汉宣帝时,谷物贱时购入收藏,谷价高时低价售出,用以调节粮食市场。义仓:地方上公共储粮以备荒年的仓库。⑦ 衰:渐弱。⑧ 邈(miǎo)然:远貌。⑨ 饿莩(piǎo):饿死者。相枕藉:互相枕藉,指尸体堆积,互相枕卧。⑩ 赈(zhèn)贷:救济。⑪ 良有司:好的地方官。键闭:锁,此处作动词用。⑫ 升合:升、合均为古代量器,喻量少。拯:拯救。⑬ 无以……为:无法用。

绍兴之仓目如坻、大有之属[①],凡三四区,中所积亦不下数十万,然而民之饥馁[②],稍不稔即无免焉[③]。岁癸亥春,融风日作[④],星火宵陨[⑤]。太守佟公曰:“是旱征也,不可以无备。”既命民间积谷谨藏,则复鸠工度地[⑥],得旧太积库地于郡治之东[⑦],而建以为预备仓。于是四月不雨,至于八月,农工大坏,比室罄悬[⑧]。民陆走数百里[⑨],转嘉湖之粟以自疗[⑩]。市火间作[⑪],贸迁无所居[⑫]。公帅僚吏,遍祷于山川社稷[⑬],乃八月己酉[⑭],大雨浃旬[⑮],禾稿复颖[⑯],民始有十一之望[⑰],渐用苏息[⑱]。

【注释】

① 如坻、大有:粮仓名。“如坻”喻坚固,“大有”喻收

藏丰富。② 饥馁(něi):饥饿。③ 稔(rěn):谷物丰收。④ 融风:东北风,古人认为此风主旱。⑤ 陨:从天空坠落。⑥ 鸠工:召集工匠。度地:选址。⑦ 太积:旧粮仓名。郡治:府衙。⑧ 比室:每户。罄(qìng)悬:空无所有。⑨ 陆走:陆地运载。⑩ 嘉湖:浙江的嘉兴、湖州地区。自疗:自救。⑪ 市火:市镇上发生的火灾。⑫ 贸迁:商人的贩卖。⑬ 祷:祷告,这里指祷告求雨。社稷:土地和谷物之神。⑭ 己酉:古人以干支纪日,该年八月己酉即八月十五日。⑮ 浃(jiā)旬:十天。⑯ 禾稿:禾苗的秆茎。颖:抽穗。⑰ 十一:十分之一。⑱ 用:因此。苏息:复苏。

公曰:"呜呼!予所建,今兹之旱虽诚无补,于后患其将有裨①。"乃益遂厥营②,九月丁卯工毕。凡为廪三面③,廿有六楹④,约受谷十万几千斛⑤。前为厅事⑥,以司出纳,而以其无事时,则凡宾客、部使之往来而无所寓者⑦,又皆可以馆之于是⑧。极南阻民居⑨,限以高垣⑩。东折为门⑪,出之大衢⑫,并门为屋廿有八楹⑬,自南亘北⑭,以居商旅之贸迁者,而月取其值以实廪粟⑮。又于其间区画而综理之⑯,盖积三岁而可以有一年之备矣。

【注释】

① 有裨(bì):有益。② 遂:完成。厥营:这一工程。③ 三面:三个方面,从下文可知,该址的东部建为厅堂和客房,西、南、北三面才建有仓库。④ 楹(yíng):屋柱,一屋

称一楹。⑤ 斛(hú):量器名,十斗为一斛。⑥ 厅事:厅堂。⑦ 部使:因公出差的使者。⑧ 馆:住宿。⑨ 阻:阻隔。⑩ 限:围。垣(yuán):墙。⑪ 东折:向东转。⑫ 大衢(qú):大街。⑬ 并门:连着门。⑭ 亘(gēn):连接。⑮ 值:房租。⑯ 区画:分隔安排。综理:总揽处理。

二守钱君谓其僚曰[①]:“公之是举[②],其惠于民岂有穷乎[③]? 夫后之民食公之德,而弗知其所自[④],是吾侪无以赞公于今日[⑤],而又以泯其绩于后也。”于是相率来属某以记[⑥]。某曰:“唯唯[⑦]。夫悯灾而恤患[⑧],庇民之仁也[⑨];未患而预防,先事之知也[⑩];已患而不怠[⑪],临事之勇也[⑫];创今以图后[⑬],敷德之诚也[⑭]。行一事而四善备焉[⑮],是而可以无纪也乎? 某虽不文也[⑯],愿与执笔而从事[⑰]。

【注释】

① 二守:副守。僚:下属。② 是举:这一措施。③ 惠:恩惠。有穷:有止境。④ 所自:来源。⑤ 赞:赞美。⑥ 属某:嘱咐我。记:作文记述。⑦ 唯唯:恭敬地答应之声。⑧ 悯(mǐn):怜惜。恤:救济。⑨ 庇(bì):庇护。⑩ 知:同“智”。⑪ 怠:怠惰。⑫ 临事:遇事。《礼记·乐记》:“临事而屡断,勇也。”⑬ 图后:为后人图谋。⑭ 敷德:布行德惠。⑮ 备:具备。⑯ 不文:不善作文。此为谦辞。⑰ 与:参与。

【翻译】

粮仓是用来储存国家公粮的,百姓遇到饥荒,也从这里取食。所以在夏、商、周时代,治理国家的人并不一定要人民把应缴的粮食都缴纳给官府,老百姓也不一定要把自家的粮食都藏在家中。后世设立的常平仓、历代地方上所设的义仓,都还保留着为民考虑的成分,但古代圣王的美意却已衰微了。等到政治制度的弊病越来越严重,公家粮仓里所积存的粮食便变得与百姓的生计毫不相关了。每当遇到荒年或水旱灾害,即使饿死的人堆积于道路,彼此枕卧,如果没有接到上级的救济命令,即使是关心百姓的官员,也只得坐守粮仓,紧锁仓门,不敢向饥民发放哪怕是极少量的粮食以拯救其生命。这时人们看着官家的粮仓,就像面对仇人的堡垒一样,只是无法用武器来攻打罢了。唉!设置粮仓的目的,难道本来就是这样的吗?

我的家乡绍兴府,其粮库名目为如坻、大有之类的共三四座,仓中储藏的粮食不下数十万斛,但是每年的收成稍受影响,百姓就不能免除受饥挨饿。癸亥年(弘治十六年)的春天,白天刮着东北风,晚上则有流星从天空坠落。知府佟公说:“这是天将大旱的征兆,不能不预作准备。”既下令民间积贮粮食,谨固收藏,又召集工匠选址,选择了府台衙门东面以前太积库的土地,来开建预备粮仓。接下来,整整四个月天未下雨。到了八月份,农业生产全垮了,家家户户都空无所有。人们从陆上长途跋涉数百里,到湖州、嘉兴地区去购运粮食以自救。市镇上又隔些天就发生火灾,商贩们没有可供贸易的场所。佟知府率领下属,四出向掌管山川、土地、谷物的神祇祷告,总算在八月十五日开始,下了十天大雨,使田里稻禾复苏,抽出穗来,农民们这才有了点收成的指望,民生稍微得到恢复。

佟知府说："唉！我想建造的预备粮仓，对今年的旱灾诚然没有作用，对以后将出现的灾荒大概还是有用处的。"于是加紧完成他的营建，到了九月初四日终于完工了。在三个方面共建成仓房二十六间，约可藏谷十万几千斛。粮仓的前面建有厅堂，可供出纳粮米之用，无事的时候，凡是宾客及上级派来出差的人找不到住处的，也可以在这里居住。粮仓南面靠近民房的地方，筑起高墙，围墙向东转弯的地方开大门，出门就是大街。从靠近门的地方起，又造了二十八间屋子，自南向北排列，供做贩卖生意的商人居住，每月的房租用来购买粮食，藏入仓库。所有的房屋又分划为几片，进行综合管理，预计每经过三年的积累，就可有对付一年灾荒的储备了。

佟知府的副守钱君对同僚说："佟公建造预备粮仓的举动，给百姓的恩惠，哪有穷尽呢？日后百姓享受佟公的恩德，而不知它的来历，那就是由于我们不但现在没有留下赞美的记载，而且使佟公的政绩在以后也被湮没了。"于是相随而来看我，嘱托我作文记述。我回答说："是！是！怜悯人民遭到灾害而赈救受害的人，这是庇护民众的仁德；祸患没有发生而加以预防，这是谋虑深远的智慧；面对灾害而不怠惰，这是临事果断的勇毅；以今天的创建造福于将来，这是布行德惠的真诚。佟知府做了这一件事，而同时具有仁、智、勇、诚四种美德，这样的事难道可以不加以记述么？我的文章虽然做得不好，也愿意执笔来完成此事。"

何陋轩记

本篇是阳明谪居龙场驿时为新建成的小楼而作，他借用孔子的说法，将新居起名为“何陋轩”，用以表达自己身处艰苦环境仍意志不衰的乐观精神。阳明认为，苗民生长地区的文化虽不及中原发达，但苗民质朴淳厚的性情，比起汉人中的尔虞我诈来，更具有用教化去加以改造的可能性，因而他们生活习惯虽“陋”而人格并不“陋”。相反，文化相对发达的中原汉人，却未必能免于“陋”。他在四百多年前就具有这样的见解和胸襟，颇为不易。

昔孔子欲居九夷[①]，人以为陋[②]，孔子曰：“君子居之，何陋之有？”[③]

守仁以罪谪龙场[④]，龙场古夷蔡之外[⑤]，于今为要绥[⑥]而习类尚因其故[⑦]，人皆以予自上国往[⑧]，将陋其地，弗能居也。而予处之旬月，安而乐之，求其所谓甚陋者而莫得。独其结题鸟言[⑨]，山栖羝服[⑩]，无轩裳宫室之观[⑪]，文仪揖让之缛[⑫]。然此犹淳庞质素之遗焉[⑬]，盖古之时法制未备，则有然矣，不得以为陋也。

夫爱憎面背[14]，乱白黝丹[15]，浚奸穷黠[16]，外良而中螫[17]，诸夏盖不免焉[18]。若是而彬郁其容[19]，宋甫鲁掖[20]，折旋矩矱[21]，将无为陋乎？夷之人乃不能此，其好言恶詈[22]，直情率遂则有矣[23]。世徒以其言辞物采之眇而陋之[24]，吾不谓然也[25]。

【注释】

① 九夷：古代称中原以外的少数民族，这里指他们的居住地区。② 陋：僻陋，粗野。③"君子"二句：君子居住于"九夷"之地，哪里还会僻陋呢？以上语出《论语·子罕》。④ 罪谪（zhé）：以罪贬谪。龙场：在今贵州修文境内，明代设有驿站，阳明于正德三年（1508）至该处任驿丞。⑤ 夷蔡：古代王城以外五百里属于甸服，甸服以外的五百里为侯服，侯服以外五百里为绥服，绥服以外五百里为要服，要服的内三百里称"夷"，外二百里称"蔡"，均指距离王畿较远的地区。⑥ 要绥：重要的绥服地区。⑦ 习类：习俗。⑧ 予：我。上国：京城。⑨ 结题：少数民族的包头巾。结：打结。题：额。鸟言：指少数民族语音如鸟啼，此是以汉族为中心的错误看法。⑩ 栖（qī）：居住。羝（dī）服：以羊皮为服。⑪ 轩裳：车驾及冠服。⑫ 文仪：文明的仪礼。揖让：互相致礼。缛：细节。⑬ 淳庞：淳厚。质素：质朴。⑭ 面背：当面与背后。⑮ 乱白黝（yǒu）丹：将白弄污，将红涂黑，喻混淆是非。⑯ 浚：深。奸：奸恶。穷：极。黠：狡猾。⑰ 良：良善。螫（shì）：毒虫咬刺，喻狠毒。⑱ 诸夏：中原汉民族。⑲ 彬郁：文采焕发。其容：其容貌。⑳ 宋甫鲁掖：宋国的章甫冠、鲁国的逢掖之衣，皆孔子所服用。《礼记·儒行》：

“丘少居鲁，衣逢掖之衣；长居宋，冠章甫之冠。”逢掖之衣，是腋下大、衣袖逐步缩小的衣服。章甫：冠名。㉑ 折旋：曲折回旋。矩矱（yuē）：规矩法度。㉒ 恶詈（lì）：恶毒咒骂。㉓ 直情：不加掩饰的感情。率遂：率易。㉔ 物采：事物外表的文彩。眇（miǎo）：远。㉕ 不谓然：不以为然。

始予至[①]，无室以止[②]。居于丛棘之间[③]，则郁也[④]。迁于东峰，就石穴而居之[⑤]，又阴以湿。龙场之民，老稚日来视予[⑥]，喜不予陋[⑦]，益予[⑧]。比予尝圃于丛棘之右[⑨]，民谓予之乐之也，相与伐木阁之材[⑩]，就其地为轩以居予[⑪]。予因而翳之以桧竹[⑫]，莳之以卉药[⑬]，列堂阶[⑭]，辨室奥[⑮]，琴编图史[⑯]，讲诵游适之道略具[⑰]，学士之来游者亦稍稍而集[⑱]。于是人之及吾轩者[⑲]，若观于通都焉[⑳]。而予亦忘予之居夷也，因名之曰“何陋”[㉑]，以信孔子之言[㉒]。

【注释】

① 始予至：我初到时。② 止：居住。③ 丛棘：荆棘丛。此处既是写实，又系用典。汉代息夫躬《绝命辞》：“丛棘栈栈，曷可栖兮！” ④ 郁：郁闷。⑤ 石穴：石洞。⑥ 老稚：老幼。视：看望。⑦ 喜不予陋：喜欢我不以他们为陋。予，此处为“民”之自指。⑧ 益予：帮助我。⑨ 比：近来。圃：菜园，此作动词用。⑩ 木阁之材：可用作建楼阁的木材。⑪ 居予：让我居住。⑫ 翳（yì）：障蔽。桧（guì）：桧柏。⑬ 莳（shì）：栽种。卉（huì）药：花卉药草。⑭ 堂阶：正房的

台阶。⑮ 奥：屋内的西南角，为长者所居之处。⑯ 琴编：琴和书。图史：图册与史籍。此处的“编”与“史”，前者泛指，后者专指，主要是修辞手法，并非特重史籍。⑰ 游适：游赏。⑱ 来游：来与我为友。稍稍：渐渐。⑲ 及：来到。⑳ 通都：四通八达的都市。㉑ “名之曰‘何陋’”：即取孔子所说的“何陋之有”意为轩名。㉒ 信：确实，此处作动词用。

嗟夫[1]！诸夏之盛，其典章礼乐[2]，历圣修而传之[3]，夷不能有也，则谓之“陋”固宜[4]。于后蔑道德而专法令[5]，搜抉钩絷之术穷而狡匿谲诈无所不至[6]，浑朴尽矣[7]。夷之民方若未琢之璞[8]，未绳之木[9]，虽粗砺顽梗[10]，而椎斧尚有施也[11]，安可以陋之？斯孔子所为欲居也欤[12]？

【注释】

① 嗟夫：叹语。② 典章：制度。礼乐：仪礼和音乐。③ 历圣：历代的圣贤。④ 固宜：固然是合宜的。⑤ 蔑：蔑视。专：专行。⑥ 搜抉(jué)：搜索。钩絷(zhí)：牵连拘囚。狡匿：狡猾。谲(jué)诈：欺诈。⑦ 浑朴：浑厚朴实。⑧ 琢：雕琢。璞(pú)：未经雕琢的美玉。⑨ 绳：木工丈量用的墨线。⑩ 粗砺：粗糙。顽梗：顽钝。⑪ 椎斧：锤子和斧头。⑫ 欲居：愿意居住。

虽然，典章文物，则亦胡可以无讲[1]。今夷之俗崇

巫而事鬼②，渎礼而任情③，不中不节④，卒未免于陋之名⑤，则亦不讲于是耳⑥。然此无损于其质也⑦，诚有君子而居焉，其化之也盖易⑧，而予非其人也。记之以俟来者⑨。

【注释】

① 胡：何。无讲：不讲求。② 崇巫：崇奉巫师。事鬼：敬事鬼神。③ 渎：冒渎。任情：任性。④ 中：中和。节：节制。⑤ 卒：终。⑥ 是：此，指以上所说的典章文物。⑦ 质：质朴。⑧ 化之：用教化去加以改造。盖：副词，大概。易：容易。⑨ 俟(sì)：等俟。来者：后人。

【翻译】

从前孔子想到九夷之地去居住，人们认为那些地方过于僻陋。孔子说："只要有君子到那里去居住，哪里还会僻陋呢！"

我因为获罪，被朝廷贬到龙场来。龙场这地方，算起来已位于古代的夷蔡之地以外了，如今虽已成为重要的绥服地区，但本地的习俗风尚仍和以前一样。人们都认为我远从京城来到这里，必然会嫌此地僻陋而难以安居。但我来龙场住了一个月左右，感到十分安乐，要找出所谓很鄙陋的东西竟找不到。只是这里的人以布包头，语音有如鸟鸣，住在山上，以兽皮为衣服，看不到中原的车驾、冠服与宫室，没有繁细的文明仪式、揖让礼节。但这还是古代淳厚质朴之风的遗留，因古时候的规范制度尚未完备，所以成为这种样子，不能就认为是鄙陋。而那种当面亲热，背后怀恨，混淆是非，深奸极狡，外表善良而内心狠毒的现象，在中原地区的汉人中也是免不了的。倘若这样的人却在形貌上文采焕然，带着宋国的章甫冠，穿着鲁国的逢掖衣，进退合乎规矩，难道不是鄙陋吗？苗民却不会这样，他们的好话或恶骂，都是顺着他们直率的感情而来，世人只因其言辞缺乏表面的文采而视其为鄙陋，我是不以为然的。

我初到龙场，没有房子可住，只得暂居于荆棘丛中，感到很郁闷。后来搬到东峰，就现在的石洞住了下来，又觉得阴暗而潮湿。龙场的居民，连老人和孩子都每天来看我。他们喜欢我不以他们为鄙陋，给了我不少帮助。近来我在丛林的右面开辟了个菜园子，他们见我乐于在此地长住，就一齐砍来可供建屋用的木材，在那里建起了一所木屋供我居住。我因此在屋旁种了些桧柏和竹子以遮阴，又在前后植了些花卉草药，还在正房前设了台阶，在室中明确了“奥”的位置，琴书和图史等用以讲诵学问及娱乐适性的用具也稍微有了一些。来与我为友的士人也渐渐聚集了起来。于是，到我住处来的人，就把它看得和城市里的住处差不多，而我也忘记了自己是住在蛮荒之地，因此为小楼取名“何陋”，以证实孔子的话。

啊！在中原地区的汉族兴盛之时，他们的典章制度和礼乐文化，由历代圣贤修定并流传而来。边远地区的非汉族人是不可能有此的，就这一点而称他们僻陋当然也可以。但是后代的汉人蔑视道德而专靠法令，其结果是搜捕拘囚等手段都用尽了仍无用，狡猾诡诈等行为仍无所不至，先民的朴厚之风，早已不存在了。苗民却如未经雕琢的璞玉，未加绳削的木材，虽然看起来粗糙顽钝，但却还可以施加锤斧，予以造就，我们怎么可以视其为鄙陋？这也许就是孔子愿意到九夷居住的原因吧！

虽然如此，典章制度却又怎么可以不讲求？现在苗民的习俗尊信巫者而崇奉群鬼，渎犯仪礼而处事任性，行为不符合中庸之道，没有节制，最终难免鄙陋的名声，这也都是不讲求典章礼仪的缘故。但是这无损于他们的本质，如果确实有君子来这里居住，用教化的手段去改造苗民，那应该是很容易的，可惜我不是能胜任此事的人。写下本文，以等候后来的贤人君子。

重修月潭寺建公馆记

本篇为阳明谪戍龙场时，经贵州兴隆卫月潭峰所作。月潭峰位于万山丛中，风景奇秀，交通不便，巡察经此的按察副使朱文瑞为方便公私过客，在当地重修了寺庙，兴建了供人食宿的公馆，受到人们赞扬。阳明受寺僧嘱托作记，以瑰丽的文采，描述了月潭峰的动人景色，又称道朱文瑞的政绩，提出“君子之政，不必专于法”、“不必泥于古”的看法，委婉地表达了对权奸当政、法网严酷的现实政治之不满。题中的“公馆”，为往来官员及旅人临时食宿之所，与后世的“招待所”有些相似。

隆兴之南[1]，有岩曰月潭[2]，壁立千仞[3]，檐垂数百尺[4]。其上濒洞玲珑[5]，浮者若云霞[6]，亘者若虹霓[7]，豁若楼殿门阙[8]，悬若鼓钟编磬[9]。蟾幢缨络[10]，若抟风之鹏[11]，翻隼翔鹄[12]，螭虬之纠蟠[13]，猱猊之骇攫[14]。谲奇变幻[15]，不可具状[16]。而其下澄潭邃谷[17]，不测之洞[18]，环秘回伏[19]，乔林秀木[20]，垂荫蔽亏[21]，鸣瀑清溪[22]，停洄引映[23]。天下之山，萃于云贵[24]，连亘万里，际天无极[25]。行旅之往来，日攀缘下上于穷崖绝壑之间[26]，虽雅有泉石之癖者[27]，一入云贵之途，莫不困踣烦厌[28]，非复夙好[29]，而惟至于兹岩之下，则又皆洒然开豁[30]，心洗目醒。虽庸俦俗侣[31]，素不知有山水之游者，亦皆徘徊顾盼[32]，相与延恋而不忍去[33]。则兹岩之胜，盖不言可知矣。

【注释】

① 隆兴：疑当作“兴隆”，在今贵州黄平，明代于此建有兴隆卫所。② 岩：高峻的山峰。③ 壁立：峭壁陡立。千仞(rèn)：八尺为仞，喻高耸。④ 檐(yán)：山崖的边缘。⑤ 澒(hóng)洞：云烟飘渺状。玲珑：灵动貌。⑥ 浮者：飘浮者。⑦ 亘者：连绵者。虹霓(ní)：彩虹。⑧ 豁(huò)：开阔貌。楼殿：楼台宫殿。阙：门外筑台，台上建楼以供观望称“阙”。⑨ 编磬(qìng)：乐器名，由十六具磬组成。⑩ 幨幢(chān chuáng)：装饰车驾的帷布及羽旗。缨(yīng)络：珠玉缀成之饰物。⑪ 抟(tuán)风：乘旋风直上天空。⑫ 翻隼(sǔn)：翻飞的鹰隼。翔鹄：飞翔的天鹅。⑬ 螭虬(chī qiú)：均为似龙的动物。纠蟠：纠缠盘绕。⑭ 猱猊(náo ní)：猿猴与狮子。攫(jué)：用爪抓取。⑮ 谲(jué)奇：怪诞奇异。⑯ 具状：一一描摹。⑰ 邃(suì)谷：深谷。⑱ 不测：深不可测。⑲ 环秘：环绕幽秘。回伏：周折深藏。此句指崖间的洞穴隐秘深藏，不易被发现。⑳ 乔林：高大的树林。㉑ 蔽亏：遮蔽。㉒ 鸣瀑：喧腾的瀑布。㉓ 停洄：溪水停留。引映：倒映，喻水之清澈。㉔ 萃：集中。㉕ 际天：连天。无极：无边无际。㉖ 攀缘：攀登。穷崖：高崖。绝壑：深谷。

㉗ 泉石之癖：爱好山水。㉘ 困踣(bó)：困苦。㉙ 夙好：向来的爱好。㉚ 开豁：开朗。㉛ 庸俦(chóu)俗侣：庸俗乏味的伴侣。㉜ 顾盼：前后张望。㉝ 延恋：延迟留恋。

岩界兴隆、偏桥之间[①]，各数十里，行者至是[②]，皆惫顿饥悴[③]，宜有休息之所，而岩麓故有寺[④]。附岩之戍卒官吏，与凡苗夷犵狇之种[⑤]，连属而居者[⑥]，岁时令节[⑦]，皆于是焉釐祝[⑧]。寺渐芜废[⑨]，行礼无所[⑩]。宪副滇南朱君文瑞按部至是[⑪]，乐兹岩之胜，悯行旅之艰[⑫]，而从士民之请也，乃捐资化材[⑬]，新其寺于岩之右[⑭]，以为釐祝之所。曰："吾闻为民者顺其心而趋之善，今苗夷之人知有尊君亲上之礼而憾于弗伸也[⑮]，吾从而利道之[⑯]，不亦可乎？"则又因寺之故材与址[⑰]，架楼三楹，以为部使者休食之馆[⑱]，曰："吾闻为政者因势之所便而成之，故事适而民逸[⑲]。今旅无所舍，而使者之出，师行百里[⑳]，饥不得食，劳不得息，吾图其可久而两利之[㉑]，不亦可乎？"使游僧正观任其劳[㉒]，指挥逖远度其工[㉓]，千户某某相其役[㉔]。远近之施舍勤助者欣然而集，不两月而工告毕。自是饥者有所炊，劳者有所休，游观者有所舍[㉕]，釐祝者有所瞻依[㉖]，以为竭虔效诚之地[㉗]，而兹岩之奇若增而益胜也。

【注释】

① 兴隆、偏桥：卫所名。② 至是：到这里。③ 惫顿：疲惫劳顿。饥悴：饥渴憔悴。④ 麓：山脚。⑤ 苗夷：苗民。犵

猞(gē mù)：西南少数民族。⑥ 连属：彼此相连。⑦ 令节：佳节。⑧ 釐(xǐ)祝：祈求福祐。⑨ 芜废：荒芜破败。⑩ 行礼无所：无处向神祇釐祝。⑪ 宪副：按察副使，掌管刑名、监察的按察司副长官。按部：巡察部属。至是：来到此地。⑫ 悯(mǐn)：同情。⑬ 化材：募集材料。⑭ 新：整修一新。⑮ 憾于：苦于。伸：实现，达成。⑯ 利道(dǎo)：因势利导。⑰ 因：利用。故材：旧材料。址：屋基。⑱ 部使者：地方政府派出执行公务的官员。休食：休憩饮食。⑲ 适：适宜。逸：安逸。⑳ 师行：队伍行进。㉑ 久而两利：长久便利官方和百姓。㉒ 游僧：周游四方而来此的僧人。㉓ 指挥：武职名。度：丈量、核算。㉔ 千户：武职名。相其役：监督这一工程。㉕ 舍：住宿。㉖ 瞻依：瞻拜依附。㉗ 竭虔效诚：竭尽虔诚奉献。

正观将记其事于石[①]，适予过而请焉[②]。予惟君子之政[③]，不必专于法[④]，要在宜于人；君子之教，不必泥于古[⑤]，要在入于善。是举也，盖得之矣。况当法网严密之时，众方喘息忧危[⑥]，动虞牵触[⑦]，而乃能从容于山水泉石之好，行其心之所不愧者而无求免于俗焉[⑧]，斯其非见外之轻而中有定者[⑨]，能若是乎？是诚不可以不志也矣。

寺始于戍卒周斋公[⑩]，成于游僧德彬，增治于指挥刘瑄、常智、李胜及其属王威、韩俭之徒[⑪]，至是凡三缉[⑫]。而公馆之建[⑬]，则自今日始。

【注释】

① 记其事于石：撰文刻于石碑。② 适：正巧。过：经过。请：请求阳明撰碑文。③ 惟：想，认为。④ 专于法：专恃法制。⑤ 泥于古：拘泥于古人的遗制。⑥ 忧危：忧虑担心。⑦ 动虞牵触：动辄担心被牵连或触犯法网。⑧ 不愧者：自认是合理的事情。求免于俗：求免于被世俗讥议。⑨ 见外之轻：轻视外物。中有定：内心有定见。⑩ 戍（shù）卒：来边疆服役的士兵。⑪ 增治：增修。其属：部属。⑫ 缉（qì）：修缮。⑬ 公馆：公共的馆舍，类似后代的招待所。

【翻译】

兴隆卫所的南面，有座山峰叫作月潭，峭壁陡立，高达千仞，山崖的边缘像屋檐似地下垂也有数百尺高。山顶云烟缥缈灵动，飘浮着的像是云霞掩映，横亘着的像是雨后彩虹，开阔处像是矗立着楼台宫殿的门阙，悬着的像是钟鼓编磬和车帷、羽旗、缨络。又像是大鹏鸟乘着旋风冲上高空，鹰隼和天鹅翻飞翔集，虬龙矫夭地盘曲着身体，猿猴和狮子挥舞着可怕的指爪。这种种怪诞奇异、变幻莫测的景象，实在难以一一描述。月潭峰下，幽谷深邃，澄潭碧净，深不可测的洞穴隐秘地环绕、转折于潭谷周围。谷中生长着高大的树林、秀拔的树木，树影浓郁，遮蔽了天光；山间瀑布喧腾，清溪流淌，溪水汇聚在低洼处，倒映出天光云影。人们说，天下的奇山异水，都聚集在云南、贵州一带。这里群山连绵万里，直到远方和天际相接。往来过路的旅客，成天上下攀登于悬崖深谷之中，即使是平日爱好山水的风雅之人，到了这多山的云贵地区，也都疲劳厌烦，不再有向来欣赏山水的兴趣。唯有到了月潭峰下，人们才又感到豁然开朗，心胸清爽，眼目一新。即使是那种庸俗的旅伴，平日从来不懂游赏山水的人，到了这里，也禁不住徘徊顾盼，互相留恋着不忍离去。所以月潭峰的风景之胜，不说也就可以想见了。

月潭峰位于兴隆卫和偏桥卫之间，距两地各有数十里的行程。过客经过长途的跋涉来到这里，无不感到劳顿饥渴，这里实在应该有个供休息的地方。月潭峰下过去有一所寺庙，附近的士兵官吏，以及结邻而居住的苗民，每逢过年过节，都到这寺庙里拜佛祝福。但是近年来寺庙逐渐荒芜破败，居民们已无处可拜佛行礼。最近，按察副使滇南朱文瑞巡察部属来到本地，他喜爱月潭峰周围的奇丽景色，又同情过往旅客的艰难。于是听从本地军民的请求，捐钱购买了木材石料，在月潭峰的右侧重修了寺庙，作为百姓拜佛祝福的场所。朱宪副说："我听说当官为百姓做事的人，应该顺从百姓的心意而引导他们向善，现在这边荒地区的苗民都具有尊崇皇上、热爱尊长的礼义，却苦于没有地方表达他们的愿望，我由此而因势利导，这不是件好事吗！"朱宪副又利用旧材料，在寺庙的屋基上加盖三间楼房，作为官方派出办理公务的官员休息吃饭的馆舍。他说："我听说从政的人应该因形势之便而成事，所以事情做得适当而人民也安逸。现在这里来往的旅客没有住宿的地方，公家的使者外出办事，大抵要走百把里的路，却饿了无处吃饭，累了无处休息。我试图做一件长久可行而对公家和百姓都有利的事，不也很好吗?”于是就请寺庙里的游方僧人正观出面主持，请军官逖远核算工料，再请一位千户具体帮助进行。远近的军民，都高兴地前来捐钱助工。不到两个月时间，就完成了公馆的建造。从此以后，饥饿的过客，可以在此煮饭；疲劳的使者，可以在此休息；前来游览月潭峰的客人，可以在此借宿；来拜佛祝福的人，也有了可以瞻仰归依、以奉献其虔诚的场所，而月潭峰的景色，也因此变得更吸引人了。

僧人正观想把重修月潭寺、建造公馆的事写成文章刻在石上，正好我路过此地，就请我来执笔撰文。我觉得，君子处理政事，不应专重法制，而应考虑如何造福于人；君子推行教化，也不应拘泥于古人的做法，而应考虑是否能引人向善。朱宪副修寺庙建公馆的举动，就是既造福于人，又引人向善的德政。何况目前正处于法网严密的时期，大家忧虑担心得喘不过气来，动辄害怕牵进法网、触犯法令，朱宪副却能从容不迫地赏玩山水泉石，按照他心中认为合适的道理去行事，而不求免于世俗的议讥。不是那种轻视外物而其内心有定见的人，能做到这一点吗！所以，朱宪副此事确实是不可以不记载下来的。

月潭寺创建于从前来此戍守的老兵周斋公，由云游到此的僧人德彬建成，后来又经本地驻军的指挥刘瑄、常智、李胜及他们的部下王威、韩俭等人增修，到这次已经是第三度修建了。公馆的建造，则今天还是首次。

浚 河 记

本篇是阳明晚年为知府南大吉疏浚绍兴府属河道所作的记述。南大吉身为地方父母官，却拜在阳明门下自称弟子，平时经常向阳明请教修身与为政的道理，还将记录阳明与学生问答的《传习录》在绍兴刻印，是位注重品行的地方官员。南大吉为疏浚河道得罪了富家大族，招来流言毁谤，阳明却予以支持，并断言只要是真心为民兴利除弊，总会受人欢迎。

越人以舟楫为舆马①，滨河而廛者②，皆巨室也③。日规月筑④，水道淤隘⑤，畜泄既亡⑥，旱潦频仍⑦，商旅日争于途⑧，至有斗而死者矣⑨。南子乃决沮障⑩，复旧防⑪，去豪商之壅⑫，削势家之侵⑬。失利之徒⑭，胥怨交谤⑮，从而谣之曰⑯：“南守瞿瞿⑰，实破我庐⑱；瞿瞿南守，使我奔走⑲。”人曰：“吾守其厉民欤⑳？何其谤者之多也㉑！”阳明子曰：“迟之㉒，吾未闻以佚道使民而或有怨之者也㉓。”

既而舟楫通利㉔，行旅欢呼络绎㉕。是秋大旱，江河龟坼㉖，越之人收获输载如常㉗。明年大水，民居免于垫溺㉘。远近称忭㉙，又从而歌之曰：“相彼舟人矣㉚，昔揭以曳矣㉛，今歌以楫矣；旱之□也㉜，微南侯兮㉝，吾其焦矣；霪其弥月矣㉞，微南侯兮，吾其鱼鳖矣㉟；我输我获矣，我游我息矣，长渠之活矣㊱，维南侯之流泽矣㊲。”人曰：“信哉阳明子之言，‘未闻以佚道使民而或有怨之者也’！”纪其事于石㊳，以诏来者㊴。

【注释】

① 越人：浙东地区的人。舟楫：船只和桨。舆(yú)马：车马。② 滨：靠近。廛(chán)：房屋。③ 巨室：豪门大族。④ 规：规画。筑：建造。⑤ 淤隘：淤塞至浅隘。⑥ 畜：同“蓄”，指河道的蓄水功能。泄(xiè)：排水。亡：无。⑦ 潦：涝灾。频仍：经常，连续。⑧ 商旅：行商。⑨ 斗而死：为争道相斗而死。⑩ 南子：南大吉，字元善，嘉靖初年任绍兴知府，拜阳明为师。子：尊称。决：开挖。沮(jǔ)障：阻障。⑪ 防：堤。⑫ 去：去除。壅：壅塞。⑬ 势家：有权势的人家。侵：侵犯。⑭ 失利：因疏浚河道而受损害。⑮ 胥：都。交谤：纷起毁谤。⑯ 谣：作歌谣。⑰ 瞿瞿：神情不安貌，此指南大吉扰民不得安宁。⑱ 庐：屋。⑲ 奔走：流离失所。⑳ 厉民：虐害百姓。㉑ 何其：怎么，多么。㉒ 迟之：等一会。㉓ 佚(yì)：同“逸”，安乐。㉔ 通利：通航便利。㉕ 络绎：接连不断。㉖ 龟坼(chè)：河床干裂如龟背的纹理。㉗ 输载：运输。㉘ 垫溺(nì)：沉溺。㉙ 忭(biàn)：欢喜。㉚ 相：视，看。㉛ 揭：显露，指水浅船只露出水面。曳(yè)：拖引，指行船要靠人背牵。㉜ 熇(hè)：烤。㉝ 微：无。㉞ 霪(yín)：久雨。弥月：满月。㉟ 鱼鳖：喻成为水族。

㊱ 长渠:田间的水渠。活:流水。㊲ 维:句首语助词。流泽:流播的恩德。㊳ 纪:记。石:碑石。㊴ 诏:告。

【翻译】

浙东地区的人们都将船、桨当作车马。沿河而建造房屋的,都是富家大户。他们不断地规划、扩展房屋,使得河道日渐淤塞狭窄,既不能蓄水,又不能排水,经常发生水灾旱灾。乘船往来的商人旅客时时争抢水道,甚至有因为争斗而死的。南知府下令开挖阻塞的河道,恢复旧有的河堤,拆去了富商家挡住河道的住房,削除了有权势人家侵占的河沿。受到损害的人家,都怨恨南知府,四处散布诽谤的话,并编成歌谣唱道:“南知府让人不安生,害得我有屋住不成;不让人安生的南知府,害得我奔走无住处!”有人来对我说:“我们这位知府大人真的在虐害百姓吗?怎么对他不满的人那么多?”我说:“先慢下结论,我可从来没听说过,使人民安乐的人会有人怨恨他。”

河道疏浚完成以后,船只通航便利,过路的旅客一路上欢呼叫好。这年秋天,正好遇上大旱,别处水浅的河道连河底都干裂得像龟背的纹理,而我们这里田间的收获、河里的运输却如往常一样。第二年发了大水,我们这里因为有河道排水,居民都没有受淹。这一来远近的百姓都称颂、喜悦,一起编了歌谣唱道:“看那河里的撑船人啊,往日水浅船难行,如今桨声伴歌声;赤日炎炎旱如火,要不是靠了南知府,我们百姓早已晒焦枯;淫雨连绵已一月,要不是靠了南知府,我们百姓早已变鱼鳖;收我稻谷运我粮,我游我息好风光,长长水渠滚滚流,不忘南知府恩情长。”又有人来对我说:“阳明先生的话真是不错,‘从来没有听说使人民安乐的人会有人怨恨他’!”所以我把南知府疏浚河道的事记文刻石,以昭告于后人。

悔　斋　说

本篇是阳明对于“悔过”的论说。按照“致良知”说，人在对自身良知的认识和扩充过程中，包含有悔过的精神活动。常人不会没有过失，经过反省而悔过，对错误加以改正，就是对良知的肯定。但如果悔而不改，那就必然在错误的道路上越走越远，甚至恶贯满盈。

悔者，善之端也①，诚之复也②。君子悔以迁于善③，小人悔以不敢肆其恶④。惟圣人而后能无悔，无不善也，无不诚也。

君子之过⑤，悔而弗改焉，又从而文焉⑥，过将日入于恶⑦。小人之恶，悔而益深巧焉⑧，益愤谲焉⑨，则恶极而不可解矣⑩。故悔者，善恶之分也，诚伪之关也⑪，吉凶之机也⑫。君子不可以频悔⑬，小人则幸其悔而或不甚焉耳⑭。

吾友崔伯栾氏以“悔”名其斋⑮，非曰吾将悔而已矣⑯，将以求无悔者也，故吾为之说如是⑰。

【注释】

① 端：开端。② 诚：诚意。复：回复。③ 迁于善：改过

从善。④ 肆其恶：恣意为恶。⑤ 过：过失。⑥ 文：文饰，用巧言遮盖过失。⑦ 日入于恶：渐渐变为恶。⑧ 益：更加。深巧：隐蔽、巧妙。⑨ 愤谲（jué）：愤恨，诡诈。⑩ 解：解救。⑪ 关：关头。⑫ 机：事物变化的原由。⑬ 频悔：频频后悔。⑭ 幸：庆幸，这里是希望的意思。⑮ 名其斋：取作斋名。⑯ 非曰：不是说。⑰ 如是：如上。

【翻译】

悔过的行为，是善的开端，诚意的回复。君子因悔过而可以达到善，小人因悔过而不敢恣意为恶。只有成为圣人才能从来无悔，因为他的行为已经无时不善、无处不诚了。

但是，君子一旦有了过失，如果虽然懊悔而仍不能改正，甚至巧加文饰，那他的过失将日渐变成恶。小人的恶行，如果虽然懊悔而不肯改正，并且更为隐蔽、巧妙，更为愤恨、诡诈，那他的恶将发展成至极端而不可救药。所以悔是善与恶的分界，诚与伪的关头，吉与凶的起因。对于君子来说，不应该频繁地发生悔的现象；对于小人则希望他能悔，从而也许可以坏得不太厉害。

我的朋友崔伯栾，将书斋取名为“悔斋”，不只表示他乐于反省悔过，并要争取无过可悔，所以我为他写下以上的话。

示徐曰仁应试

本篇是阳明送徐曰仁赴试时的嘱咐。封建社会中，读书人苦学多年，一朝前往赴试，是件关系前程的大事。不少人临场不能适应，以至名落孙山，终身潦倒。阳明对赴试前的心理准备、起居习惯、功课复习一一作了叮嘱，所说都是平生的经验之谈，而归结仍是静以待动的修养功夫。

君子穷达①，一听于天②，但既业举子③，便须入场④，亦人事宜尔⑤。若期在必得⑥，以自窘辱⑦，则大惑矣。

入场之日，切勿以得失横在胸中，令人气馁志分⑧，非徒无益，而又害之。场中作文，先须大开心目，见得题意，大概了了，即放胆下笔⑨，纵昧出处⑩，词气亦条畅⑪。今人入场，有志气局促不舒展者⑫，是得失之念为之病也⑬。夫心无二用，一念在得，一念在失，一念在文字，是三用矣，所事宁有成耶⑭？只此便是执事不敬⑮，便是人事有未尽处⑯，虽或幸成⑰，君子有所不贵也⑱。

【注释】

①穷达：困厄和显达。②一听于天：一切听从于天意。③业：从事。举子：这里指科举。④入场：入试场。⑤宜：适宜。尔：语助词。⑥期：指望。必得：必定考取。⑦窘辱：窘迫羞辱。⑧气馁：信心不足。⑨放胆：大胆。⑩纵昧：即使不明白。出处：根据。⑪词气：文章的脉络。条畅：顺畅。⑫局促：拘束。⑬为之：使之。⑭宁：岂。⑮执事：处事。不敬：不敬慎。⑯人事：个人努力。⑰幸：侥幸。⑱不贵：不看重。

将进场十日前，便须练习调养，盖寻常不曾起早得惯，忽然当之[①]，其日必精神恍惚，作文岂有佳思[②]？须每日鸡初鸣即起，盥栉整衣端坐[③]，抖擞精神，勿使昏惰[④]，日日习之，临期不自觉辛苦矣。今之调养者，多是厚食浓味，剧酣谑浪[⑤]，或竟日偃卧[⑥]，如此是挠气昏神[⑦]，长傲而召疾也[⑧]，岂摄养精神之谓哉！务须绝饮食，薄滋味[⑨]，则气自清；寡思虑[⑩]，屏嗜欲[⑪]，则精自明[⑫]；定心气，少眠睡，则神自澄[⑬]。君子未有不如此而能致力于学问者，兹特以科场一事而言之耳。每日或倦甚思休，少偃即起，勿使昏睡。既晚即睡，勿使久坐。

进场前两日，即不得翻阅书史，杂乱心目。每日止可看文字一篇以自娱[⑭]，若心劳气耗[⑮]，莫如勿看，务在怡神适趣。忽充然滚滚[⑯]，若有所得，勿使气轻意满，益加含蓄酝酿，若江河之浸[⑰]，泓衍泛滥[⑱]，骤然决

之[19]，一泻千里矣。每日闲坐时，众方嚣然[20]，我独渊默[21]，中心融融，自有真乐，盖出乎尘垢之外而与造物者游[22]。非吾子概尝闻之[23]，宜未足以与此也[24]。

【注释】

①当之：遇到。②佳思：好构思。③盥（guàn）栉：洗漱梳发。④昏惰：懒惫。⑤剧酣：狂饮。谑浪：玩笑吵闹。⑥竟日：终日。偃（yǎn）：伏。⑦挠气：挠乱神气。⑧长傲：滋长傲气。召疾：引发疾病。⑨薄：淡薄。⑩寡：减少。⑪屏：摒弃。⑫明：明定。⑬澄：澄静。⑭自娱：娱悦自己。⑮耗：消耗。⑯充然：充满，充足。⑰浸：大水。⑱泓（hóng）衍：漫衍。⑲骤然：突然。决：冲决。⑳嚣然：喧嚣貌。㉑渊默：沉默不语。㉒尘垢：尘土污垢，指尘世。造物者：天地主宰。㉓概尝闻之：曾经听说大概。㉔未足以：不足以。与（yù）此：预此，知此。

【翻译】

君子的穷困与显达，应该听凭天意。但是既已从事科举，理应赴试场应试，这是合乎世间事宜的。但如果抱着赴试就一定要考取的期望，使自己受拘束羞辱，那就是太大的迷惑了。

进入考场的日子，切勿将考试的成败放在心中，那会使人信心不足，意志分散，不但没有帮助，反而会有害处。在考场中作文章，必须放开心眼，先将题目意思大概看个明白，然后就大胆下笔，即使有些字句的出处还不够清楚，语气仍会十分顺畅。现在有些人进了考场，感到志气局促，不能舒展自如，就是因为患得患失的念头在作怪。俗话说心不可二用，假如一面在考虑得，一面在考虑失，一面又在考虑安排字句，那就是一心三用了，所做的事情怎么能成功？这样就是处事不敬慎，就是临事未能尽到应有的努力。即使侥幸考取了，对君子来说也不足为贵。

将赴考场的前十天左右，就应开始练习调养。由于平时不习惯早起，考试时突然起得早了，那一天就会精神恍惚，作文章怎么还会有出色的构思？所以要每天鸡叫头遍就起身梳洗，整好衣帽，端端正正地坐着，抖擞起精神，不让自己懒惰。这样每天练习，临到考试时就不觉得辛苦了。现在人的所谓调养，无非是饱食美味，痛饮沉酣、玩笑吵闹，或者成天昏睡，这样只会挠乱神气，滋长骄傲，招来疾病，哪里说得上是调养精神呢！你务必要谢绝过量的饮食，食物要清淡，那样神气自然会清爽；减少思虑，摒弃嗜欲，那样精神自然会明澈；安定心意，减少睡眠，那样心神自然会澄净。君子没有不这样而能致力于学问的。现在只是就考试一事而言罢了。每天如感到很疲倦而想休息，可稍微睡一会就起床，但不要昏睡不醒。到了晚上，就应早睡，不要熬夜久坐。

进考场的前两天，不要再翻阅书史，免得使心神和眼睛受到干扰。每天只可看篇把文章作调剂，如果弄得劳心费神，还不如不看书。总之，要使人感到心神怡悦，志趣舒适。当忽然生气蓬勃，灵感滚滚而来，如有所悟时，不能就轻浮自满，而应更加含蓄，将灵感酝酿于胸中，如同江河的大水，漫衍泛滥，一旦突然决口，波涛就一泻千里。每日闲坐时，尽管周围的人喧嚣吵闹，我却独自保持着静默，心中一片融和，自有真实的快乐，使你超脱于尘世之上，与天地同游。以上这些，如果不是你以前曾听到过大概，当然是无从理解的。

客座私祝

本篇是阳明为教育儿辈所作的留言。嘉靖六年(1527),阳明奉朝廷命将往广西赴任,离乡前在客厅中写下这段叮嘱之词,要儿辈注意区分贤恶,“近良士而远凶人”;并预告来客,希望有正派的友人前来作客,对儿辈加以有益的影响。儒家主张“修身齐家治国平天下”的行为模式,阳明严格的家教,反映了古人重视教育子弟的传统。

但愿温恭直谅之友来此讲学论道①,示以孝友谦和之行。德业相劝②,过失相规③,以教训我子弟,使毋陷于非僻④。

不愿狂懆惰慢之徒来此博弈饮酒⑤,长傲饰非⑥,导以骄奢淫荡之事⑦,诱以贪财黩货之谋⑧,冥顽无耻⑨,扇惑鼓动⑩,以益我子弟之不肖⑪。

呜呼!由前之说,是谓良士⑫;由后之说,是谓凶人⑬。我子弟苟远良士而近凶人⑭,是谓逆子!戒之戒之!嘉靖丁亥八月⑮,将有两广之行⑯,书此以戒我子弟,并以告夫士友之辱临于斯者⑰,请一览教之。

【注释】

① 温恭：温和恭敬。直谅：正直诚信。《论语·季氏》："友直，友谅，友多闻，益矣。" ② 劝：劝勉。③ 规：规诫。④ 非：过失。僻：邪僻。⑤ 狂懆：狂躁不安。惰慢：懒惰散漫。博弈：下棋。⑥ 饰非：掩饰不良行为。⑦ 导：引导。⑧ 黩（dú）货：贪污纳贿。谋：主意。⑨ 冥顽：愚钝无知。⑩ 扇惑：煽动、诱惑。⑪ 益：增益。不肖：子孙不能继承父辈德业称为不肖。⑫ 良士：贤士。⑬ 凶人：恶人。⑭ 苟：假使。远：疏远。近：接近。⑮ 丁亥：古人以干支纪年，嘉靖丁亥即嘉靖六年。⑯ 两广：广东、广西。⑰ 辱临：对客人来访的敬语。斯：此地。

【翻译】

但愿温和恭敬、正直诚信的朋友来这里讲学论道，向我的子弟指示孝友谦和的行为。用道德事业互相勉励，对过失互相规戒，以教训我的子弟，不让他们陷于邪僻。

不愿情绪狂躁、懒惰散漫的人来这里下棋饮酒，使我的子弟增加傲气，掩饰错误，或引导他们做骄奢淫荡的事情，以贪财纳贿的谋虑来诱惑他们，用愚蠢无知的想法去煽惑鼓动他们，使我的子弟更加没出息。

唉，前一种人是贤士，后一种人是恶人。我的子弟如果远避贤士而亲近恶人，那就是逆子！切戒切戒！嘉靖六年八月，我将远行去两广，特写此文告诫我的子弟，并告今后承蒙光临此地的友人，请你们一览此文，教育我的子弟。

瘗旅文

本篇是阳明为三位不知名的死者所作的祭文，记载了一则悲惨的故事。三位死者来自京城，长途跋涉，风尘仆仆，经过龙场驿时因感染了瘴毒，在不到两天时间内相继倒毙于旅途。“同是天涯沦落人，相逢何必曾相识”，阳明痛心于命运对这三位旅客的无情，自怜身世，感触极深。他为死者掩埋了尸体，又慎重地备礼祭奠，悼念亡魂，表现了仁厚的胸怀和真挚的人道精神。

维正德四年秋月三日①，有吏目云自京来者②，不知其名氏，携一子一仆将之任③，过龙场，投宿土苗家④。予从篱落间望见之⑤，阴雨昏黑，欲就问讯北来事不果⑥。明早遣人觇之⑦，已行矣。薄午⑧，有人自蜈蚣坡来，云一老人死坡下，傍两人哭之哀⑨。予曰：“此必吏目死矣，伤哉！”薄暮，复有人来云，坡下死者二人，傍一人坐叹。询其状，则其子又死矣。明日，复有人来云，见坡下积尸三焉⑩，则其仆又死矣。呜呼伤哉！念其暴骨无主⑪，将二童子持畚锸往瘗之⑫。二童

子有难色然[13]。予曰："噫，吾与尔，犹彼也！"二童悯然涕下[14]，请往。就其傍山麓[15]，为三坎埋之[16]。又以只鸡、饭三盂[17]，嗟吁涕洟而告之曰：

【注释】

① 维：句首助词。秋月：秋季的第一月。② 吏目：明代政府机关中掌管文书的小吏。③ 之任：赴任。④ 土苗：土著苗民。⑤ 篱落：篱笆。⑥ 就：前往。不果：没实现。⑦ 觇（chān）：探视。⑧ 薄（bó）午：近中午。薄，迫近。⑨ 哭之哀：悲哀地哭。⑩ 积尸：尸体堆陈。⑪ 无主：无人收拾。⑫ 将（jiàng）：率领。畚（běn）：畚箕。锸（chā）：铲状掘土工具。瘗（yì）：埋葬。⑬ 难色：为难的神色。然：……的样子。⑭ 悯（mǐn）然：哀伤貌。涕：泪。⑮ 山麓：山脚。⑯ 坎：墓穴。⑰ 盂（yú）：盆。

呜呼伤哉！繄何人[1]！繄何人？吾龙场驿丞余姚王守仁也。吾与尔皆中土之产[2]，吾不知尔郡邑，尔乌为乎来为兹山之鬼乎[3]？古者重去其乡[4]，游宦不逾千里[5]，吾以窜逐而来此[6]，宜也。尔亦何辜乎[7]？闻尔官吏目耳，俸不能五斗[8]，尔率妻子躬耕可有也[9]，乌为乎以五斗而易尔七尺之躯[10]？又不足而益以尔子与仆乎[11]？呜呼伤哉！尔诚恋兹五斗而来[12]，则宜欣然就道[13]，乌为乎吾昨望见尔容蹙然[14]，盖不任其忧者[15]。夫冲冒雾露[16]，扳援崖壁[17]，行万峰之顶，饥渴劳顿[18]，筋骨疲惫，而又瘴疠侵其外[19]，忧郁攻其中，其能以无死乎？吾固知尔之必死，然不谓若是其速；又不谓尔子、尔仆亦遽尔奄忽也[20]。皆尔自取，谓之何哉！

【注释】

① 繄(yī)：语气词。② 尔：你。中土之产：生长中原的人。③ 乌为：为何。兹：此。④ 重：不轻易。去乡：离乡。⑤ 游宦：做官。逾：超过。⑥ 窜逐：流放。⑦ 辜：罪。⑧ 俸：俸禄。五斗：微薄的薪俸。⑨ 躬耕可有：种地就能获得。⑩ 易：换。七尺之躯：指生命。七尺指躯体的长度。⑪ 益以：加上。⑫ 诚：确实。恋：贪恋。⑬ 就道：上路。⑭ 容：容颜。蹙(cù)然：忧愁貌。⑮ 不任：受不住。⑯ 冲冒：顶着，冒着。⑰ 扳援：攀登。⑱ 劳顿：劳累疲倦。⑲ 瘴厉：南方山区流行的疟疾等传染病。⑳ 奄忽：喻死亡。

吾念尔三骨之无依，而来瘗尔，乃使吾有无穷之怆也[1]。呜呼痛哉！纵不尔瘗，幽崖之狐成群，阴壑之虺如车轮[2]，亦必能葬尔于腹，不致久暴露尔。尔既已无知，然吾何能为心乎？自吾去父母乡国而来此，二年矣，历瘴毒而苟能自全[3]，以吾未尝一日之戚戚也[4]。今悲伤若此，是吾为尔者重而自为者轻也。吾不宜复为尔悲矣，吾为尔歌，尔听之。歌曰：

“连峰际天兮飞鸟不通[5]，游子怀乡兮莫知西东。莫知西东兮维天则同[6]，异域殊方兮环海之中[7]。达观随寓兮奚必予宫[8]，魂兮魂兮无悲以恫[9]。”

又歌以慰之曰：

“与尔皆乡土之离兮，蛮之人言语不相知兮⑩，性命不可期⑪。吾苟死于兹兮，率尔子仆来从予兮⑫。吾与尔遨以嬉兮⑬，骖紫彪而乘文螭兮⑭，登望故乡而嘘唏兮⑮。吾苟获生归兮⑯，尔子尔仆尚尔随兮⑰，无以无侣悲兮。道傍之冢累累兮⑱，多中土之流离兮，相与呼啸而徘徊兮⑲。飧风饮露无尔饥兮⑳，朝友麋鹿暮猿与栖兮㉑。尔安尔居兮，无为厉于兹墟兮㉒。”

【注释】

① 怆(chuàng)：悲伤。② 虺(huǐ)：毒蛇。③ 苟：如果。自全：保全。④ 戚戚：忧惧。⑤ 通：飞越。⑥ 维：语助词。⑦ 异域：他乡。殊方：异方。⑧ 随寓：随处居住，此指葬身。宫：房屋。这里指棺材。⑨ 恫(tōng)：哀痛。⑩ 蛮之人：苗民。⑪ 期：期望。⑫ 从：随从。⑬ 遨：遨游。嬉：游嬉。⑭ 骖：驾车时位于两旁的马。紫彪：紫虎。乘：驾。文螭(chī)：有纹彩的龙。⑮ 登望：登高眺望。嘘唏：哽咽貌。⑯ 生归：活着回家。⑰ 尚：还能。⑱ 冢：坟。⑲ 呼啸：歌啸。啸：撮口发长声。⑳ 飧(sūn)：餐。㉑ 麋：鹿的一种。栖：栖息。㉒ 厉：恶鬼。墟：墓地。

【翻译】

正德四年七月初三日，有一位从北京来的吏目，不知叫什么名字，带着儿子和仆人赴任去，经过龙场，在本地的苗民家投宿。我隔着篱笆望见他们来到。因为天黑阴雨，本想前去向他们问讯一路上的情况，没能去成。到了次日早晨，派人去探视，他们却已经离开了。将近中午的时候，有人从前面的蜈蚣坡回来，说看见一位老人死在坡下，身旁有两人在伤心地哭泣。我说："这一定是那位吏目死了，真可悲！"傍晚时分，又有人来告诉说，蜈蚣坡下现有两个人死去了，尸体旁坐着一人在哀叹。详问情况，原来是吏目的儿子又死去了。谁知第二天，又有人来说，现在蜈蚣坡下躺着三具尸体，那么，仆人也死了。唉！真惨啊！我想到这三人的尸体暴露在野外无人收殓，就领着两名童仆带铲子去埋葬他们。两位童仆脸上露出为难的样子。我说："哎，我和你们的命运，不就同这三位死者差不多吗！"仆人们伤心地流起泪来，就请我带着他们前去。我们就靠着山脚，挖了三个墓坑将死者埋葬了。我又用一只鸡和三盆米饭，叹息流泪，奠祭他们说：

唉！惨痛啊！你们是谁，你们是谁？我是龙场驿的驿丞余姚王守仁。我和你们都是生于中原的人，却不知道你们的家乡在哪里，你们为什么要来做这山中的鬼魂？古人不轻易离乡背井，通常做官都不到千里以外去。我被流放到此地，这是分所应当的，你们又有什么罪过呢？听说你本来是名吏目，吏目的薪俸还不到五斗米，这点报酬，你就是带着妻儿耕地也能获得，何苦为了这点微薄的俸禄而断送了你的躯体呢？自己死了不算，还加上了儿子和仆人！这真是惨痛啊！你假如真是贪这点官俸而来到此地，理应是快快活活地赶路，为什么我昨天望见你愁眉苦脸，好像怀着沉重的忧虑？一路上冒着风寒雨露，在峭壁间攀援，行走在高峰悬崖之上，饥渴劳累，筋疲力尽，外面是瘴疠之气的侵害，内心是忧苦的煎熬，人到了这种境地，怎么能不死呢！我本来料想你会遇到不幸，可没想到会这么迅速；

又想不到你的儿子和仆人，也会转眼间随你同死。这不是你自找的厄运吗，叫人怎么说呢？

我哀怜你们三人的尸骨无人照料，特来将你们埋葬，这引起我无穷的悲伤。唉，惨痛啊！我即使不来将你们掩埋，这幽深的山林中狐狸成群，阴森的山谷底毒蛇粗如车轮，他们也必然会将你们葬在它们的腹中，绝不会让你们的尸体长久暴露在外。你们虽然已没有知觉，可我怎么能忍心！自从我离开父母和家乡，到这里已经有两年，成天生活在瘴毒中还能保全性命，是因为我从不悲戚。今天我这样地悲伤，是为你们感到悲哀而顾不得自己的健康和生命了，我不应该再为你们悲伤了，我为你们作首歌吧，请你们听着。歌词是：

"连绵的山峰直接云天啊，鸟儿也难以飞翔。离家远游的人怀念故乡啊，不知家乡在何方。不知在何方啊总同在天底下，异地他乡啊都在四海环抱中的土壤。放宽胸襟啊随处皆可安身，何必一定要棺木来埋葬！魂儿啊魂儿啊，不要再悲伤。"

再作一首歌安慰你们：

"我与你都是离乡的人啊，苗民的言语难以相知啊，能活到何时也难以预期。我假如也葬身此地啊，那就带着你的儿子和仆人来跟我一起。我和你一同遨游嬉戏啊，乘着龙虎驾的车子登山啊，眺望故乡而唏嘘。我如生还故乡啊，你的儿子和仆人还能追随你，别因没有同伴而悲伤啊。你看这路旁荒坟累累啊，埋葬的多数是中原流落的人啊，你可和他们共同啸歌而徘徊啊。餐风饮露别受饥啊，白天和麋鹿为友、晚上和猿猴同栖。你就在这里安居啊，别变成恶鬼危害此墓地啊。"

教条示龙场诸生

本篇是阳明流放龙场驿时对学生的教导。身处艰苦生活环境中的阳明，当时不仅性命尚有遭人暗害的危险，而且自己的精神也正处于一个剧烈的转变时期，思虑重重，心潮激荡。但是面对前来求教的学生，他仍满腔热情，谆谆劝导，将立志、勤学、改过、责善作为求学的四门基本功夫，不厌其烦地为学生讲解，以期造就人才。古人说：经师易求，人师难求。阳明教导学生，无时无地不从修身立志出发，不论安危荣辱，仍能坚持信念，身体力行，不愧为人师表。

诸生相从于此甚盛①，恐无能为助也②。以四事相规③，聊以答诸生之意：一曰立志，二曰勤学，三曰改过，四曰责善。其慎听毋忽④。

立　志

志不立，天下无可成之事。虽百工技艺，未有不本于志者。今学者旷废隳惰⑤，玩岁愒时⑥，而百无所成，皆由于志之未立耳。故立志而圣则圣矣，立志而贤则贤矣。志不立，如无舵之舟、无衔之马[7]，漂荡奔逸[8]，终亦何所底乎[9]？昔人有言：使为善而父母怒之、兄弟怨之、宗族乡党贱恶之，如此而不为善可也；为善则父母爱之、兄弟悦之、宗族乡党敬信之，何苦而不为善、为君子？使为恶而父母爱之、兄弟悦之、宗族乡党敬信之，如此而为恶可也；为恶则父母怒之、兄弟怨之、宗族乡党贱恶之，何苦而必为恶、为小人？诸生念此，亦可以知所立志矣。

勤　　学

已立志为君子，自当从事于学。凡学之不勤，必其志之尚未笃也[10]。从吾游者，不以聪慧警捷为高[11]，而以勤确谦抑为上[12]，诸生试观侪辈之中，苟有虚而为盈、无而为有，讳己之不能，忌人之有善，自矜自是，大言欺人者，使其人资禀虽甚超迈[13]，侪辈之中有弗疾恶之者乎[14]？有弗鄙贱之者乎[15]？彼固将以欺人[16]，人果遂为所欺，有弗窃笑之者乎[17]？苟有谦默自持[18]，无能自处[19]，笃志力行，勤学好问，称人之善而咎己之失，从人之长而明己之短，忠信乐易，表里一致者，使其人资禀虽甚鲁钝，侪辈之中有弗称慕之者乎？彼固以无能自处而不求上人，人果遂以彼为无能，有弗敬尚之者乎[20]？诸生观此，亦可以知所从事于学矣。

改　　过

夫过者，自大贤所不免，然不害其卒为大贤者[21]，为其能改也。故不贵于无过，而贵于能改过。诸生自思：平日亦有缺于廉耻忠信之行者乎[22]？亦有薄于孝友之道、陷于狡诈偷刻之习者乎[23]？ 诸生殆不至于此，不幸或有之，皆其不知而误蹈[24]，素无师友之讲习规饬也[25]。诸生试内省：万一有近于是者，固亦不可以不痛自悔咎[26]，然亦不当以此自歉[27]，遂馁于改过从善之心[28]，但能一旦脱然洗涤旧染，虽昔为寇盗，今日不害为君子矣。若曰，吾昔已如此，今虽改过而从善，将人不信我，且无赎于前过。反怀羞涩凝沮[29]，而甘心于污浊终焉[30]，则吾亦绝望尔矣[31]。

责　善

责善，朋友之道。然须忠告而善道之[32]，悉其忠爱[33]，致其婉曲[34]，使彼闻之而可从，绎之而可改[35]，有所感而无所怒，乃为善耳。若先暴白其过恶[36]，痛毁极诋[37]，使无所容。彼将发其愧耻愤恨之心，虽欲降以相从[38]，而势有所不能，是激之而使为恶矣。故凡讦人之短，攻发人之阴私以沽直者[39]，皆不可以言责善。虽然，我以是而施于人不可也，人以是而加诸我[40]，凡攻我之失者，皆我师也，安可以不乐受而心感之乎[41]？ 某于道未有所得，其学卤莽耳[42]，谬为诸生相从于此[43]，每终夜以思，恶且未免[44]，况于过乎？ 人谓"事师无犯无隐"[45]，而遂谓师无可谏[46]，非也。谏师之道，直不至于犯而婉不至于隐耳[47]。使吾而是也，因得以明其是；吾而非也，因得以去其非，盖教学相长也[48]。诸生责善，当自吾始。

【注释】

① 甚盛：指前来从学的人很多。② 无能为助：不能有

所帮助。③ 规：规劝。④ 慎听：谨慎地听取。毋忽：不要忽视。⑤ 旷废：荒废。隳（huī）惰：怠惰。⑥ 玩岁愒（kài）时：贪图安逸，虚度岁月。出《左传》昭公元年："玩岁而愒日。"⑦ 御：驾驭。⑧ 漂荡：指上文无舵之舟。奔逸：奔跑，指上文无衔之马。⑨ 底：终极。⑩ 笃：坚实。⑪ 警捷：机警，敏捷。⑫ 勤确：勤慎。谦抑：谦让。⑬ 资禀：天资禀赋。超迈：超越常人。⑭ 侪（chái）辈：同辈。疾恶：憎恶。⑮ 鄙贱：鄙视。⑯ 固：当然。⑰ 窃笑：暗笑。⑱ 自持：自我克制。⑲ 自处：自我位置。⑳ 敬尚：敬重。㉑ 卒：最终。㉒ 缺：亏缺。㉓ 偷刻：尖刻。㉔ 误蹈：误行。㉕ 素：素来。规饬：规诫。㉖ 悔咎：悔过自咎。㉗ 自歉：歉疚。㉘ 馁（něi）：不足。㉙ 羞涩：羞愧。凝沮（jǔ）：沮丧。㉚ 终焉：到底。㉛ 尔：你们。㉜ 善道之：诚恳地解说。㉝ 悉：尽。㉞ 致：极尽。婉曲：婉转。㉟ 绎（yì）：寻求，推究。㊱ 暴（pù）白：揭露。过恶：过失罪恶。㊲ 痛毁极诋：痛切、极端地诋毁。㊳ 降以相从：贬抑自己以听从批评。㊴ 攻发：指责揭发。沽直：博取正直的名声。㊵ 诸：于。㊶ 安：怎么。乐受：乐意接受。感：感激。㊷ 卤（lǔ）莽：鲁莽草率。㊸ 谬（miù）：错误，常用作谦辞。㊹ 且：尚且。㊺"事师无犯无隐"：语见《礼记·檀弓》。无犯：不冒犯。无隐：无隐讳。㊻ 谏（jiàn）：下属对上级、晚辈对尊长的直言规劝。㊼ 直：直率。婉：婉转。㊽ 敩（xiào）学：教学。教学相长，语见《礼记·学记》，指教师和学生互相促进。

【翻译】

各位来此地向我问学的人很多，我很担心不能对你们有切实的帮助。现在以四件事情规劝你们，聊以答谢大家的厚意。我要说的是：一要立志，二要勤学，三要改过，四要责善，望能听仔细了不要忽略。

立　　志

人不立志，天下就没有可成就的事业。即使是百工从事于各行各艺，也都是本于他们的志。现在的读书人荒废怠惰，虚度岁月，结果百事无成，都是由于未曾立志。所以，人能立志成为圣人，就可成为圣人；能立志成为贤者，也可成为贤者。人不立志，就像没有舵的船，没人驾驭的马，随波飘荡，到处奔跑，最终能有什么结果？前人曾经说过：如果一个人立志为善，却因此使得父母生气、兄弟抱怨、同族和乡邻都鄙视、憎恶你，那样而不再去为善，倒也说得过去；如果因为你的为善，使得父母爱你、兄弟喜欢你、同族和乡邻敬重、信任你，那你为何不去为善、不去做名君子呢？反之，如果因你作恶，却能使父母爱你、兄弟喜欢你、同族乡邻敬重、信任你，那样而去作恶，倒也说得过去；如果因为你的作恶，使得父母生气、兄弟抱怨、同族乡邻鄙视、憎恶你，那又何苦一定要去作恶、做个小人呢！各位考虑了这个问题，也就可知道应当立定怎样的志向了。

勤　　学

已经立志做一名君子，自然应当从事于学习。凡是学习不够勤奋的人，必然是他的志向还不坚定。随从我学习的人，不是以聪慧敏捷为高等，而以勤奋谦虚为上等。各位试看同学之中，假如有那种内心空虚而自以为充实、学识贫乏而自以为富足，讳言自己的短处，又忌恨别人的长处，自夸自负，喜欢用大话去欺人的人，即使他的资质和禀赋很突出，同学中会有人不讨厌他吗？会有人不鄙视他吗？这种人当然想要欺骗别人，但人们果真会被他迷惑吗？会不暗中耻笑他吗？假如有那种谦虚沉默，善自克制，总以为自己无能，平时笃志力行，勤学好问，乐于称道别人的长处，严于责备自己的短处，忠信平易，表里一致的人，即使他的资质和禀赋很愚钝，同学中会有人不称赞爱慕他吗？这种人固然总以为自己无能，不求超出别人，人们果真会认为他无能，而不去敬重他吗？各位对照一下这两种人，也就可以知道应怎样去从事于学习了。

改　过

过失这种事情，即使是贤者也难以免除，但它并不妨碍其人最终成为贤者，就是因为贤者能改过。所以人不以没有过失为贵，而以善于改过为贵。各位请自己反思一下：平时在廉耻忠信方面行为有缺点吗？是否对孝友之道看得太薄？是否沾染了狡诈尖刻的习气？你们的行为大概还不至于此，如果不幸有了这种过失，也都是在不知不觉中产生了错误，加以平时缺少师友的讲习规劝。各位试着反省，万一有类似的过失，当然不能不痛自悔恨，但也不须为此过于歉疚，以至失却改过从善的信心。只要能一朝悔悟，洗去所沾染的坏习气，即使过去曾经是寇盗，仍不妨碍你现在成为君子。如果你们中间有人说：我以往已经这样了，现在虽然想改过而从善，但人们或许不会信任我，我既然不能挽回以往的过失，反而会因此增加羞愧和沮丧，倒不如干脆陷身于污浊以了此终身。对于抱这样想法的人，我也只好对你绝望了。

责　　善

以善道互相督责，本来是朋友交往的基础。但必须是以忠言相告，并且和善地解说，竭尽忠爱，婉转致词，使朋友听了能够依从，想了能够改正，对你的批评只有感动而不生气，这才是真正的责善。如果动不动就揭露别人的错误，并严加诋毁，会使人无法承受，他本来萌发了羞愧悔恨之心，虽然也想贬抑自己来听从你，到这时也难以做到了，这就是因为你的刺激而促使他为恶。所以那种以攻击他人短处、揭发他人阴私来换取正直名声的人，都称不上是真正的“责善”。不过，我这样去对别人责善不可以，别人如果对我责善，凡是能批评我的过失的人，都是我的老师，我怎么可以不乐于接受并感激他呢?

我对于天下的道理还缺少心得，学问还很粗疏。现在各位随从我学习，我每夜扪心自问，觉得身上的恶尚且未能免除，更何况是过失呢！人们读到《礼记》中“对老师是不可以冒犯、不可以隐瞒”的话，就认为对老师是不可以批评的，这是不对的。批评老师的道理，应该是直率而不至于冒犯、委婉而不至于隐瞒。假如我是正确的，经过批评更可证明其正确；假如我是错误的，经过批评可以去除错误，这就是教、学互相促进的道理。各位今后以善道互相督责，应当先从我开始。

与汪节夫书

本篇是阳明与汪节夫讨论学习目的的书信。阳明对汪节夫的勤恳好学加以劝勉，又指出求学不能仅停留于空谈，或迷信老师的名言警句，而应努力做“为己”的学问，才能受益无穷。所谓“为己”之学，语出《论语·宪问》：“古之学者为己，今之学者为人。”按照孔子的意见，古时候的学者，志在完善自己的修养；而后世的学者，却志在示人以自己所学。过于重视“为人”的人，自身的品德修养常被忽视，其后果值得深思。

足下数及吾门①，求一言之益②，足知好学勤勤之意③。人有言：古之学者为己，今之学者为人。今之学者，须先有笃实“为己”之心，然后可以论学。不然，则纷纭口耳讲说④，徒足以为“为人”之资而已⑤。仆之不欲多言⑥，非有所靳⑦，实无可言耳。

以足下之勤勤下问⑧，使诚益励其笃实为己之志⑨，归而求之，有余师矣⑩。“有能一日用其力于仁矣乎，我未见力不足者”⑪。足下勉之！

“道南”之说⑫，明道实因龟山南归⑬，盖亦一时之言，道岂有南北乎？凡论古人得失，莫非为己之学。“诵其诗，读其书，不知其人可乎？是以论其世也，是尚友也”⑭。果能有所得于“尚友”之实，又何以斯录为哉⑮！

节夫姑务为己之实⑯，无复往年务外近名之病⑰，所得必已多矣！此事尚在所缓也⑱。

凡作文，惟务道其心中之实⑲，达意而止⑳，不必过求雕刻㉑，所谓“修辞立诚”者也㉒。

【注释】

① 足下：同辈间或对后辈的敬称。② 益：教益。③ 足知：足以了解。勤勤：勤恳貌。④ 纷纭：纷纷乱乱。⑤ 徒：仅。资：用。⑥ 仆：对自己的谦称。⑦ 靳（jìn）：吝惜。⑧ 下问：向不如自己的人请教。此处是对汪节夫向自己请教的谦虚说法。⑨ 益励：更加激励。⑩ 有余师矣：作为老师足够有余。⑪ “有能”二句：语见《论语·里仁》，是孔子的话，大意为：人只要能有一天真用力于对“仁”的追求，我没有见到过谁会感到力量不够的。⑫ “道南”：学问之道南移。⑬ 明道：程颢。龟山：杨时。两人均为北宋理学家。杨时为福建将乐人，曾师事程颐、程颢，晚年归返福建，隐居龟山，在南方传播“二程”之学，东南学者奉为“程学正宗”。杨时南归时，程颢曾说过“道南”的话，阳明在此对汪节夫来信中提及此语作解释。⑭ “诵其”五句：语见《孟子·万章下》。谓诵读古人的诗书，不能不了解作者的为人及其时代，进而与古人从精神上结为朋友。尚，上。尚友，谓上

与古人为友。⑮ 斯录：指汪节夫屡次请求阳明赠其可供学习用的语录。⑯ 姑务：姑且从事于。⑰ 务外：追求外界事物。近名：追求虚名。⑱ 此事：指汪节夫求赠语录事。缓：缓议，缓行。⑲ 惟务：只要考虑。⑳ 达意：表达了意思。《论语·卫灵公》：辞达而已矣。㉑ 雕刻："雕虫篆刻"的省语，指修饰雕琢文字。㉒ "修辞"句：语见《易经·乾卦》。修辞，修饰词句。诚，诚实。

【翻译】

你数次来我处访问，求我赠你一段话，以期从中获得教益，足见你勤恳好学的心意。孔子曾说过：古代的学者是为自己的，今天的学者却是为人的。今天的读书人，必须首先有切实"为己"的志向，然后才可以互相讨论学问；不然的话，成天用口耳讲说得纷纷乱乱，只可算是用来"为人"罢了。我所以不愿多说，不是有意对人吝惜言语，实在是没有什么可说的。

以你的殷勤请教精神，如能进一步勉励自己坚实地树立"为己"的志向，回去以后深入探求，你的老师就足够地多了。孔子曾说："人能有一天真正用力于对仁的追求，我从没见到过谁在这方面会力量不够。"希望你也以此自勉。

前人关于"道学移向南方"的说法，那是程明道送杨龟山回南方时所说，其实那也只是一时的说法，"道"哪里又分南、北呢！凡是讨论古人的得失，那也是一种"为己"之学。孟子说："朗诵前人的诗，读前人的书，不了解作者的为人处世，可以吗？所以要讨论前人所处的时代，是为了从精神上和前人交为朋友。"如果我们真能从与古人交往中得到教益，你又何必定要我送你语录呢？

节夫你且去从事"为己"的实践，只要你改去以往那种追求外事、贪图虚名的毛病，就一定会有不少收获。为你写语录的事还是以后再说吧。

凡做文章，只要考虑表达心中的真实想法，能够说明意思就行了，不必过于追求词句上的修饰加工，这就是古人所说的：修饰词句必须先立有诚意。

高平县志序

本篇是阳明为弘治《高平县志》所作的序言。从宋朝以来，各代对府、州、县志的修纂和续修，已沿为惯例，十分重视。地方志在古代又称为“图志”，它是以地域为范围，记载一地的历史、地理、经济、文化、人物等史实的专书，被现代人誉为是在我国沿续了数千年的“地方百科全书”，现存历代所修纂的八千多种地方志，至今对我们熟悉国情、考古证今，仍具有重要作用。山西《高平县志》，在杨明甫担任县令的弘治年间首次修纂，阳明称赞了杨明甫对保存地方文献记载的贡献，并回溯高平的历史，对地方志的重要价值作了论说。

《高平志》者①，高平之山川土田、风俗物产无不志焉②。曰高平，则其地之所有皆举之矣③。

《禹贡》职方之述④，已不可尚⑤；汉以来地理、郡国志，《方舆胜览》、《山海经》之属⑥，或略而多漏⑦，或诞而不经⑧，其间固已不能无憾。惟我朝之《一统志》⑨，则其纲简于《禹贡》而无遗⑩，其目详于职方而不冗⑪。然其规模宏大阔略，实为天下万世而作则[12]，王者事也[13]。若夫州县之志，固又有司者之职[14]，其亦可缓乎[15]？

【注释】

① 高平：今山西高平，明代属泽州。县境内有“省冤谷”、“杀谷”等地名，是秦将白起坑杀赵国士卒的遗址。弘治年间所修的《高平县志》，今已不存。② 志：记载。③ 举之：全部记录。④《禹贡》：《尚书》中的一篇，成书于周秦之际，分当时中国为九州，记述各地山川、交通、物产、贡赋等情况，后代地理方志类著作的编纂，都受其影响。职方：《周礼》中所记载掌管天下地图和各地贡赋的官员。⑤ 尚：企及。⑥ 地理、郡国志：《汉书》中有《地理志》，《后汉书》中有《郡国志》，后代正史沿为定例。《方舆胜览》：宋代祝穆所撰的地理学名著。《山海经》：秦汉之间完成的地理学、民俗学著作，保存了大量古代神话传说及史地记载。⑦ 略：简略。⑧ 诞：荒诞。不经：不可信。⑨《一统志》：明代李贤主修的全国性地理总志。⑩ 纲：大纲。⑪ 目：细目。不冗：不杂乱。⑫ 作则：树立典范。⑬ 王者：推行仁政、成就大事业的帝王。⑭ 有司：主管的官员。⑮ 缓：拖延。

弘治乙卯[1]，慈溪杨君明甫令泽之高平[2]，发号出令，民既悦服[3]，乃行田野[4]，进父老[5]，询邑之故[6]，将以修废举坠[7]，而邑旧无志，无所于考[8]。明甫慨然太息曰：“此大阙[9]，责在我。”遂广询博采，搜秘阙疑[10]，旁援直据[11]，辅之以己见[12]。遵《一统志》凡例，总其要节⑬，而属笔于司训李英⑭，不逾月编成⑮。于是繁剧纷沓之中⑯，不见声色⑰，而数千载散乱沦落之事、弃废磨灭之迹⑱，灿然复完⑲。明甫退然若无与也⑳。邑之人士动容相庆㉑，骇其昔所未闻者之忽睹㉒，而喜其今所将泯者之复明也，走京师㉓，请予序㉔。

【注释】

① 弘治乙卯：弘治八年(1495)。② 慈溪：浙江属县。古人行文，习惯在人称前系以籍贯。令：做县令。泽：泽州，治所在今山西晋城。高平为泽州属县。③ 悦服：欢悦信服。④ 行：巡行。⑤ 进：接见。⑥ 邑：乡邑。故：历史掌故。⑦ 废：废缺。坠(zhuì)：丧失。⑧ 考：据以考察。⑨ 大阙：重大的缺失。⑩ 搜秘：搜罗稀见的史料。阙疑：对不清楚的事实存疑。⑪ 援：援引。据：根据。⑫ 辅：加。⑬ 总：总揽。要节：纲要。⑭ 属笔：执笔。司训：学官。⑮ 不逾月：不到一月。⑯ 繁剧：事务烦重。纷沓(tà)：纷乱。⑰ 不见声色：没有惊动大众。⑱ 沦落：流落。⑲ 灿然：明白貌。复完：恢复完整。⑳ 无与：未曾参预。㉑ 动容：面上显露出感动的表情。㉒ 骇：惊讶。忽睹：忽然见到。㉓ 走：来到。㉔ 请予序：请我作序。

予惟高平即古长平①，战国时秦白起攻赵，坑降卒四十万于此，至今天下冤之②，故自为童子即知有长平。慷慨好奇之士思一至其地，以吊千古不平之恨而不可得③，或时考图志以求其山川形势于仿佛间④。予尝思睹其志，以为远莫致之⑤，不谓其无有也⑥。

盖尝意论⑦，赵人以四十万俯首降秦，而秦卒坑之，了无哀恤顾忌⑧，秦之毒虐⑨，固已不容诛⑩，而当时诸侯，其先亦自有以取此者。夫先王建国分野⑪，皆有一定之规画经制⑫，如今所谓志书之类者，以纪其山川之险夷⑬，封疆之广狭⑭，土田之饶瘠，贡赋之多寡，俗之所宜，地之所产，井然有方，俾有国者之子孙世守之⑮，不得以己意有所增损取予⑯。夫然后讲信修睦⑰，各保其先世之所有，而不敢冒法制以相侵陵⑱。战国之君，恶其害己不得骋无厌之欲也，而皆去其籍⑲。于是强陵弱⑳，众暴寡㉑，兼并僭窃㉒。先王之法制荡然无考，而奸雄遂不复有所忌惮㉓，故秦敢至于此。然则七国之亡，实由文献不足证而先王之法制无存也㉔。典籍图志之所关，其不大哉！

【注释】

① 惟：考虑。长平：战国时地名，属赵国，秦将白起在此大败赵军。② 冤之：抱不平。③ 吊：哀悼。④ 图志：地方志的统称，以图文并列而得名。仿佛：大概。⑤ 致之：获得。⑥ 不谓：并不以为。⑦ 意论：随意评论。⑧ 了无：一点没有。哀恤：哀怜。⑨ 毒虐：暴虐。⑩ 诛：杀。⑪ 分野：区分疆界。⑫ 经制：定制。⑬ 险夷：险峻和平坦。⑭ 广狭：开阔和狭窄。⑮ 有国者：君王。世守：世代袭守。⑯ 取予：获取和给予。⑰ 修睦：建立友好关系。⑱ 侵陵：侵犯。⑲ 籍：图籍，指先王建国时立下的文籍地图。⑳ 陵：欺侮。㉑ 暴：

欺压。㉒ 兼并：并吞。僭(jiàn)窃：非分地窃取。㉓ 奸雄：野心家。忌惮(dàn)：畏惧。㉔ 文献不足证：没有足够可供考证的文献。语见《论语・八佾》。

今天下一统，皇化周流①，州县之吏，不过具文书、计岁月②，而以赘疣之物视图志③，不知所以宜其民、因其俗以兴滞补敝者必于志焉是赖④，则固王政之首务也⑤。今夫一家且必有谱而后可齐⑥，而况于州县！天下之大，州县之积也⑦，州县无不治，则天下治矣。明甫之独能汲汲于此⑧，其所见不亦远乎？

明甫学博而才优，其为政廉明，毁淫祠⑨，兴社学⑩，敦伦厚俗⑪，扶弱锄强，实皆可书之于志，以为后法⑫。而明甫谦让不自有也⑬，故予为序其略于此，使后之续志者考而书焉⑭。

【注释】

① 皇化：皇朝的德化。② 具：具备。③ 赘(zhuì)疣：肉瘤，喻多余无用之物。④ 宜：合宜。因：随。滞：积滞。敝：敝端。赖：依赖。⑤ 王政：仁厚的政治。⑥ 谱：家谱。齐：齐家，治理好家族。⑦ 积：积累。⑧ 汲汲：急切貌。⑨ 淫祠(cí)：乡间滥设的祠庙。统治阶级为维护正统观念，经常禁止地方性的偶像崇拜。⑩ 社学：乡学。⑪ 敦伦：敦厚伦理观念。⑫ 后法：后人的法式。⑬ 自有：作为自己所有。按，修志惯例，不录在任官员的事迹。⑭ 续志者：续修《高平县志》的人。

【翻译】

《高平县志》，是详细记载高平县山川土地、风俗物产情况的一部志书。因为它是高平县的志书，所以对本县的一切都作了反映。

古代《禹贡》及《周礼》中职方氏的记述，现在已很难企及；汉代以来的《地理志》、《郡国志》，宋代的《方舆胜览》及问世更早的《山海经》等书，记载的内容过于简略缺漏，或流于荒诞不经，其间实已不能没有遗憾之处。唯有我们这一朝修成的《一统志》，它的大纲比《禹贡》要简明而无遗漏，其细目比《周礼》中关于职方氏的记述要详细得多，而且不显得杂乱。《一统志》规模宏伟，网罗广博而不烦碎，实是为天下万世而作的典范，这正是帝王的事业。至于各地州县的志书纂修，那本是各地官员的职责，又哪里可以延迟呢？

弘治八年，慈溪杨君明甫到山西泽州的高平县做县令。他发布号令，百姓们都心悦诚服。于是就巡行四乡，会见地方父老，向他们询问有关本县的历史，以求振兴地方。由于高平县过去没有修过方志，无从据以考查。明甫对此感慨叹息，说："这可是个大缺陷，责任在我身上！"于是广泛调查，博收资料，搜索稀见的书籍，遇到难以解决的问题先存疑问，对可以解决的问题则使用旁证或直接的证据反复考证，并附上自己的意见。遵照《一统志》的体例，安排定纲目要节后，就请学官李英执笔，用不到一月时间，即修成了高平县的志书。于是在这繁忙纷乱的公务之余，没有兴师动众，就使高平几千年来散乱不存的史实、磨灭废弃的遗迹,又明白完整地呈现出来。明甫谦退地好像没有参与此事一样。地方人士则十分感动,相互庆贺,为忽然看到自己以前所不知道的事情而惊讶,为今天将要泯灭的史实重放光明而高兴,派人来到京城,请我为这部志书写序。

我知道,高平就是古代的长平,战国时秦国的大将白起率兵攻打赵国,曾在长平活埋了赵国的四十万俘虏,这事到今天人们都感到冤屈,所以我自从幼年起就知道长平这地方。慷慨好奇的人更盼望能到长平凭吊千古的冤魂,但不能实现,有时或查考有关的图志,以大概地了解当地的山河形势。我也曾想读到高平县志,起初只以为路远不容易获得,没想到当地本来还没有志书。

我曾以个人的意见论述这段历史:赵国以四十万人俯首向秦国投降,秦国却终于将他们全部活埋,没有半点怜恤顾忌之心,秦国的暴虐,当然是罪大恶极,但当时各国的诸侯,起先也有自取灭亡的责任。周代开国时分封诸侯,建立各自的疆域,都有一套规画、章程和制度,如现在称为方志之类的图籍,就是用来记录各国山河的险峻平坦,地域的宽广狭窄,土地的肥沃贫瘠,贡赋的多少,风俗的特点,土产的品种等等情况,一切都记得井井有条,使诸侯的子孙世代掌管,不得随意增损取舍。然后在各国间讲究信义,相互建立友好关系,各自保住祖先留下的基业,不敢违反祖宗法制而互相侵夺。可是到了战国时,各国诸侯嫌祖宗留下的制度束缚了他们对无穷欲望的追求,竟把原有的图籍都毁去。于是以强欺弱,以多压少,并吞侵夺别国的疆土人民,非分地据为己有。周初建立的法制,到这时已无从查考，那些野心勃勃的诸侯就不再有所顾忌，所以秦国才敢对赵国如此残暴。因此，赵国等国家的先后灭亡，实在是国家的文献档案不够供考证，祖先的法制没有保存。由此可见，典籍图志与国家命运的关系，岂不是很大？

现在天下一统，皇朝的教化遍及各地，州县的官员，平时不过处理些文件以应付差事，却把地方志书看作是多余，根本不懂如要安定民众，了解民俗，以兴利除弊，都得依赖方志。所以，方志的修纂，是今天推行王朝政教的首要任务。比如一个家族，必须有了家谱，才能对家人进行教育训导，何况是对于一州、一县来说呢！天下之大，是靠那么多的州县组成的，每个州县都得到治理，天下就可达到大治了。明甫独独能勤劳从事于方志的修纂，他的见识岂不是很深远的么？

明甫学问渊博，才行优美，为政清廉明达，到高平后拆毁滥设的祠庙，兴办乡间的学校，提倡重视伦理道德，使地方习俗变得淳厚，他还做了扶助贫弱，铲除豪强的事情。这些政绩实在都是可以记载到志书中去，以便为后人效法。而明甫却十分谦让，不把这些作为自己所有的成绩，所以我在这里简略提一下，以供今后续修高平县志的人查考并加以记录。

提牢厅壁题名记

本篇是阳明为刑部提牢厅壁间题名所作的后记。古人同科考取进士，或同在官署供职，往往有在壁间题名的习惯。阳明成进士后在刑部任职，刑部提牢厅的主事官员每月更换一次，阳明在轮值期间，有感于提牢厅的职责关系重大，工作辛苦，而官员调动频繁，因此将历任官员姓名题写于壁，其意实不仅在于留作纪念，而欲使人们进而了解这些人的政绩，“有可别择以为从违”，并用此勉励同人“取法明善而避过愆”。

京师天下狱讼之所归也[①]，天下之狱，分听于刑部之十三司[②]，而十三司之狱，又并系于提牢厅[③]，故提牢厅，天下之狱皆在焉。

狱之系[④]，岁以万计。朝则皆自提牢厅而出，以分布于十三司，提牢者目识其状貌[⑤]，手披其姓名[⑥]，口询耳听，鱼贯而前[⑦]，自辰及午而始毕[⑧]；暮自十三司而归，自未及酉[⑨]，其勤亦如之[⑩]；固天下之至繁也。其间狱之已成者分为六监[⑪]，其轻若重而未成者又自为六监[⑫]。其桎梏之缓急[⑬]，扃钥之启闭[⑭]，寒暑早夜之异防⑮，饥渴疾病之殊养⑯，其微至于箕帚刀锥⑰，其贱至于涤垢除下⑱，虽各司于六监之吏⑲，而提牢者一不与知⑳，即弊兴害作㉑，执法者得以议拟于其后㉒，又天下之至猥也㉓。狱之重者入于死，其次亦皆徒流㉔。夫以共工之罪恶㉕，而舜姑以流之于幽州㉖，则夫拘系于此而其情之苟有未得者㉗，又可以轻弃之于死地哉？是以虽其至繁至猥㉘，而其势有不容于不身亲之者㉙，是盖天下之至重也㉚。

【注释】

① 京师：京城。狱讼：牢狱和诉讼，即司法。所归：汇总处。② 十三司：明代将全国分为十三个行政区划，所以主管司法、刑狱的刑部内也设十三司（科）分理各地刑事案件。③ 并：总。提牢厅：刑部掌管牢狱、稽核罪犯的机构。④ 系：拘囚。⑤ 提牢者：提牢主事官。⑥ 披：披阅名册。⑦ 鱼贯：连续而过，如鱼群相接。⑧ 辰：辰时，上午七至九点。毕：完毕。⑨ 未：未时，下午一至三点。酉：酉时，下午五至七点。⑩ 如之：如上午出狱时。⑪ 已成：已定案。⑫ 轻若重：或轻或重。未成：未定案。⑬ 桎梏（zhì gù）：脚镣手铐。缓急：松紧。⑭ 扃（jiōng）钥：门闩锁钥。启闭：打开关闭。⑮ 异防：不同的防范措施。⑯ 殊养：不同的照管。⑰ 微：琐屑。⑱ 除下：清除粪便。⑲ 司：负责。⑳ 与（yù）知：参预，过问。㉑ 兴：出现。作：发生。㉒ 议拟：拟议，指议定罪名。㉓ 猥（wěi）：卑贱。㉔ 徒流：服劳役和流放。㉕ 共工：传说中尧的大臣，与驩兜、三苗、鲧被称为“四凶”，后遭流放。㉖ 幽州：古地名，今河北北部及辽宁省一

带。㉗ 情：指案情。得：得当，确切。“其情……未得”：案情不确切，意即受到冤枉。㉘ 是以：所以。至：极。㉙ 身亲：亲自。㉚ 盖：句首语气词。

旧制，提牢月更主事一人。至是弘治庚申之十月，而予适来当事[①]。夫予天下之至拙也[②]，其平居无恙[③]，一遇纷扰[④]，且支离厌倦[⑤]，不能酬酢[⑥]，况兹多病之余，疲顿憔悴[⑦]，又其平生至不可强之日[⑧]。而每岁决狱[⑨]，皆以十月下旬，人怀疑惧，多亦变故不测之虞[⑩]，则又至不可为之时也。夫其天下之至繁也，至猥也，至重也，又适当天下至拙之人，值其至不可强之日与其至不可为之时，是亦岂非天下之至难也?

以予之难，不敢忘昔之治于此者，将求私淑之[⑪]，而厅壁旧无题名。搜诸故牒[⑫]，则存者仅百一耳。大惧泯没[⑬]，使昔人之善恶无所考征[⑭]，而后来者益以畏难苟且[⑮]，莫有所观感[⑯]。于是乃悉取而书之厅壁[⑰]。虽其既亡者不可复追，而将来者尚无穷已[⑱]，则后贤犹将有可别择以为从违[⑲]，而其间苟有天下之至拙如予者，亦得以取法明善而免过愆[⑳]，将不为无小补，然后知予之所以为此者，固亦推己及物之至情[㉑]，自有不容于已也矣[㉒]。弘治庚申十月望[㉓]。

【注释】

① 当事：主事。② 至拙：最拙劣。③ 平居：平常。④ 纷扰：纷乱扰攘的事。⑤ 且：就。支离：衰弱。⑥ 酬酢

(zuò):应酬。⑦ 疲顿:疲乏劳顿。憔悴:瘦弱萎靡貌。⑧ 不可强:不可勉强。⑨ 决狱:断案。⑩ 亦:助词,无义。不测:意外变故。虞:忧虑。⑪ 私淑:没有直接受教而仰慕其人。⑫ 故牒(dié):历任主事的委任文书。⑬ 懼:担心。泯(mǐn)没:泯灭,消失。⑭ 考征:考核征引。⑮ 苟且:马虎草率。⑯ 观感:借鉴感发。⑰ 书之:题写。⑱ 穷已:穷尽。⑲ 别择:选择。从违:依从和违背。⑳ 明善:光明善良。过愆(qiān):过失。㉑ 推己及物:推量自己并由此及于他人他事,即不以使自己痛苦的加于他人,而与他人共享愉悦,犹如孔夫子所说的“老吾老以及人之老,幼吾幼以及人之幼”,“己所不欲,勿施于人”。至情:真挚深切的感情。阳明认为“推己及物”的观念是人的良知所固有的,所以是“至情”。㉒ 不容于已:不容不这么做。㉓ 弘治庚申:弘治十三年(1500)。望:阴历十五。

【翻译】

京城是天下司法案件的汇总处,天下的案件,都由刑部的十三司处理,而十三司处理的案犯,又总归提牢厅管理,所以提牢厅就是天下的总牢狱。

狱中监管的犯人,每年数以万计。每天早晨,案犯都从提牢厅提出,送往十三司审理,提牢厅主事的官员目验案犯的相貌,翻阅案犯的名册,不住地口问耳听,从早晨开始,要忙到中午才完事。到了中午后,案犯从各司送回来,又要从未时的末尾一直忙到晚上,就像午前一样劳碌,这里的公务确实是天下最繁重的。提牢厅所管的牢狱,已经定案的犯人分为六所监牢,其他罪行轻重不等的犯人,又另分六所监牢看管。对犯人使用刑具的宽严，门窗锁钥的关闭开启，冬夏早晚的各种防范措施，犯人饥渴生病时的不同照管，具体到扫帚畚箕和刀锥，脏到清理垃圾和粪便，虽然有各牢的狱吏分管，但主事的官员稍不过问，弊病就会随之产生，上面的官员知道了，少不了又要来问罪。所以，这里的公务又是最卑微的。对于犯人的判决，罪重的处以死刑，罪轻一些的则处以徒刑或流放。古代传说中列为“四凶”之一的共工，大舜也只是将他流放到幽州去，所以拘囚在这里的犯人，如有案情不确切、受有冤枉的，又怎么可以轻易地将他们置于死地？因此尽管公务最繁重、最卑微，事情却又不得不亲自去处理，因此这又是天下最重大的公务之一。

按照惯例，提牢厅的主事每月要更换，现在是弘治十三年的十月，正好轮到我来任事。我是个天下最笨拙的人，平常没有疾病的时候，一遇到纷乱扰攘的事情，就感到疲劳厌倦，不能应付，何况现今在多病之后，衰弱憔悴，正是有生以来体力最不能支撑的时候。刑部每年定案，都在十月下旬，这期间犯人怀有疑惧之心，提刑厅官员常要担心发生意外变故，所以这又是一段最不容易对付的日子。提牢主事这最繁重、最卑微、最重大的差事，由我这最笨拙的人，又遇上体力最不能支撑的时候与最不容易对付的日子，这不是天下最艰难的事情吗？

因为事情的困难，我不敢忘却以前在这里任职的前辈，将向他们学习，可是提牢厅的墙壁上竟找不到他们的题名。搜寻历任官员的任命文书，剩下的资料也很少。我很担心这些史实的泯灭，将使前人政绩的善恶无从考证，而后来的官员对这里的工作更加畏难和敷衍，因为没有什么可供借鉴感发的材料。于是我把找到的历任官员姓名都题在墙上。已经亡失的材料自然无法追寻，但墙上将出现的后任官员姓名是没有穷尽的，他们中的贤者还可从这不断增加的题名中有所选择，以供遵循或警戒。如果有像我这样笨拙的人前来任事，也可从中效法高明、妥善的言行而避免过失。这对今后多少有些帮助，然后可以知道我所以这样做，正是出于推己及物的真挚深情，自有不容不这样做的理由存在。弘治十三年十月十五日。

擒获宸濠捷音疏

本篇是阳明于正德十四年(1519)七月底平定宁王(朱宸濠)叛乱后告捷的奏疏。宁王分封南昌后,骄奢淫佚,久怀逆志,经多年处心积虑,扶植党羽,遂伪称奉有太后密旨,于该年六月起兵,占据省城,并准备沿江东下,攻克南京,再北上问鼎。叛乱初期,慑于其声威,江西、安徽战场局势十分严峻。阳明当时正奉命前往福建清理军务,途经江西丰城,所率仅数百名疲卒。闻乱之后,因江西地方乏人主持平叛军务,遂不避艰险,毅然首倡平乱,经起用地方退职官员,联络各处军民,迅速组成平乱军队,统一部署,相机进击。阳明先趁宁王率众东进、南昌守城兵力势弱之机,一举克复省城,遏制宁王叛军东下之势,迫其回师江西。又逐步进取,以寡敌众,与宁王叛军决战于鄱阳湖一带,终于生擒宁王,大败敌军,平息了这场危及明王朝中央政权的动乱。奏疏中详述了战局的变化及应敌的战略战术,反映了阳明头脑冷静、目光远大、处变不惊、调度有方的才具。

照得先因宁王图危宗社①，兴兵作乱，已经具奏请兵征剿外②，随看得宁王虐焰张炽③，臣以百数疲弱之卒④，未敢轻举骤进⑤，乃退保吉安⑥，姑为牵制之图⑦。时远近军民劫于宁王之积威⑧，道路以目⑨，莫敢出声。臣一面督率吉安府知府伍文定等调集军民兵快⑩，召募四方报效义勇之士，奏留监察御史谢源、伍希儒分职任事⑪。一面约会该府乡官都御史王懋中、编修邹守益、郎中曾直、评事罗侨、监察御史张鳌山、佥事刘蓝、进士郭持平、参谋驿丞王思、李中，按察使刘逊、参政黄绣、知府刘昭等，相与激发忠义，移檄远近⑫，布朝廷之深仁⑬，暴宁王之罪恶⑭。于是豪杰响应，人始思奋。

时宁王声言先取南京。臣虑南京尚未有备，恐为所袭，乃先张疑兵于丰城⑮，示以欲攻之势，故宁王先遣兵出攻南康、九江⑯，而自留居省城以御臣⑰。至七月初二日，探知臣等兵尚未集，乃留兵万余使守江西省城，而自引兵向阙⑱。臣昼夜促兵⑲，期以本月十五日会临江之樟树⑳，而身督知府伍文定等兵径下。于是知府戴德孺、徐琏、邢珣，通判胡尧元、童琦、谈储，推官王暐、徐文英，知县李美、李楫、王天与、王冕，各以其兵来赴。

【注释】

① 照得：查察而得。公文、奏疏开头用语。图危：图谋危害。宗社：国家。② 征剿：征讨剿灭。③ 虐焰：暴虐的气焰。张炽：炽盛。④ 臣：臣下对皇帝的自称。疲弱之卒：

阳明率少量士卒前往福建，旅途劳顿，故极为疲惫虚弱。⑤ 骤进：急速进剿。⑥ 吉安：今江西吉安。⑦ 姑：暂。⑧ 劫：受强迫。积威：积累的威势。⑨ 道路以目：人们慑于暴政，敢怒不敢言，只能在路上以眼神来表示心中的不满与仇恨。⑩ 兵快：士兵和捕快。⑪ 奏留：奏请将不在该地任职的官员留在地方出力。⑫ 移檄（xí）：传送布告。⑬ 布：宣告。⑭ 暴：暴露，揭露。⑮ 张：布置。丰城：今江西丰城，在南昌之南。⑯ 南康：今江西星子，与九江均为由江西沿江东下的要地。⑰ 省城：南昌。御：抵御。⑱ 阙：国都。向阙，指宁王引兵东向南京。⑲ 促兵：催促各部结集。⑳ 临江：今江西清江。樟树：樟树镇，均在南昌以南。

十八日，遂至丰城，分哨道①，使知府伍文定等进攻广润等七门②。是日得谍报：宁王伏兵千余于新旧坟厂以援省城。臣乃遣奉新知县刘守绪等从间道夜袭破之③，以摇城中④。十九日，发市汊⑤，大誓各军，申布朝廷之威，再暴宁王之恶，莫不切齿痛心，踊跃激愤。薄暮齐发⑥，二十日黎明，各至信地⑦。

先是⑧，城中为备甚严，滚木、灰瓶、火炮、机械无不毕具⑨。臣所遣兵已破新旧坟厂，败溃之卒皆奔告城中，城中皆已惊惧。至是复闻我师四面骤集，益震骇夺气⑩。我师乘其动摇，呼噪并进⑪，梯絙而登⑫，城中之兵皆倒戈退奔，城遂破。擒其居首宜春王拱樤⑬，及伪太监万锐等千有余人。宁王宫中眷属闻变，纵火自焚，延各居民房屋。

【注释】

① 分哨道：划分有关部队分头哨探进攻的道路。② 广润等七门：南昌城的城门。③ 间道：小路。④ 摇：动摇。⑤ 市汊：地名，在今江西南昌南。⑥ 薄暮：傍晚。薄，迫。⑦ 信地：预定的阵地。⑧ 先是：在此之前。⑨ 毕具：齐备。⑩ 震骇：惊慌。夺气：失却士气。⑪ 呼噪：呐喊。⑫ 梯絙（gēng）：登城用的云梯和大绳。⑬ 居首：居留城中的敌人首领。

臣当今各官分道救火，散释胁从①，封府库②，谨关防③，以抚军民。除将擒斩功次发御史谢源、伍希儒权令审验纪录，及一面分兵四路，追蹑宁王向往④，相机擒剿⑤，于本月二十二日已经具题外⑥，当于本日据谍报及据安庆逃回被虏船户十余人报称⑦，宁王于十六日攻围安庆未下，自督兵夫运土填堑⑧，期在必克⑨。是日，有守城军门官差人来报，赣州王都堂已引兵至丰城⑩，城中军民震骇，乞作急分兵归援⑪。宁王闻之大恐，即欲回舟，因太师李士实等阻劝，以为必须径往南京⑫，既登大宝⑬，则江西自服。宁王不应，次日遂解安庆之围，移兵泊阮子江会议，先遣兵二万归援江西，宁王亦自后督兵随来，等因⑭。先是，臣等驻兵丰城，众议安庆被围，宜引兵直趋安庆⑮。臣以九江、南康皆已为贼所据，而南昌城中数万之众，精悍亦且万余⑯，食货充积，我兵若抵安庆，贼必回军死斗，安庆之兵仅仅自守，必不能援我于湖中⑰，南昌之兵绝我粮道，而九江、南康之贼合势挠蹑[18]，四方之援又不可望，事难图矣。今我师骤集，先声所加[19]，城中必已震慑，因而并力急攻，其势必下。已破南昌，贼先破胆夺气，失其根本，势必归救，如此则安庆之围自解而宁王亦可以坐擒矣[20]。至是得报，果如臣等所料。当臣督同领兵知府，会集监军及倡义各乡官等官，议所以御之之策。众多以宁王兵势众盛，气焰所及，有如燎毛，今四方之援尚未有一人至者，彼凭其愤怒，悉众并力而萃于我[21]，势必不支[22]，且宜敛兵入城[23]，坚壁自守[24]，以待四邻之援，然后徐图进止[25]。臣以宁王兵力虽强，军锋虽锐[26]，然其所过[27]，徒恃焚掠屠戮之惨[28]，以威劫远近，未尝逢大敌与之奇正相角[29]。所以鼓动扇惑其下者，全以进取封爵之利为说[30]，今出未旬月而辄退归[31]，士心既已携沮[32]。我若先出锐卒，乘其惰归[33]，要迎掩击[34]，一挫其锋，众将不战自溃，所谓先人有夺人之气，攻瑕则坚者瑕也[35]。

【注释】

①胁从：胁从之众。②府库：官署和仓库。③关防：防范禁制。④蹑(niè)：紧随于后。向往：去向。⑤相机：伺机。⑥具题：具写职衔详细奏明。⑦报称：报告。⑧堑(qiàn)：壕沟。⑨克：攻克。⑩王都堂：指王阳明，明代称都御史、副都御史、佥都御史等官为都堂，阳明时任副都御史提督南赣汀漳等处军务。⑪归援：回援。⑫径往：直往。⑬登大宝：登帝位。⑭等因：公文用语，用于一段结束处，以说明以上所述为以下行动的原因。按，以上均为转述谍报及船户的报告，而王阳明由于接到这报告，即集合众官

"议所以御之之策",见下文。⑮ 趋:逼进。⑯ 且:将近。⑰ 湖中:鄱阳湖,由江西入长江的必经之地。⑱ 合势挠蹑:合起来前阻后追。⑲ 先声:事先的声威。⑳ 坐擒:很容易地擒获敌人。㉑ 悉众:倾其全部人马。萃:汇集。㉒ 不支:不能抵挡。㉓ 且:暂且。敛兵:收兵。㉔ 坚壁:加固城防。㉕ 徐图进止:逐步考虑进退。㉖ 锋:锋芒,指兵势。㉗ 所过:所经过。㉘ 恃:依靠。屠戮(lù):屠杀。㉙ 奇正:对阵交锋为正,设计袭击为奇。角:对抗。㉚ 为说:为引诱。㉛ 辄:即。㉜ 携沮:离散。㉝ 惰:疲惫。㉞ 要迎:拦截。㉟ 瑕:缺点、弱点。

是日,抚州府知府陈槐兵亦至①。于是遣知府伍文定、邢珣、徐琏、戴德孺合领精兵伍百,分道并进,击其不意②。又遣都指挥余恩以兵四百往来湖上,以诱致贼兵③。知府陈槐,通判胡尧元、童琦、谈储,推官王時、徐文英,知县李美、李楫、王冕、王轼、刘守绪、刘源清等,使各领兵百余,四面张疑设伏④,候伍文定等兵交⑤,然后四起合击。分布既定,臣乃大赈城中军民。虑宗室、郡王、将军或为内应生变⑥,亲慰谕之以安其心⑦。又出给告示:凡胁从皆不问;虽尝受贼官爵,能逃归者皆免死,斩贼徒归降者给赏。使内外居民及乡道人等四路传播,以解散其党。

二十三日,复得谍报:宁王先锋已至樵舍⑧,风帆蔽江⑨,前后数十里,不能计其数。臣乃分督各兵,乘夜趋进,使伍文定以正兵当其前⑩,余恩继其后,邢珣引兵

绕出贼背，徐琏、戴德孺张两翼以分其势[11]。

【注释】

① 抚州：今江西抚州。② 不意：不防备。③ 诱致：吸引。④ 张疑设伏：布置疑兵，安设埋伏。⑤ 兵交：交战。⑥ 内应生变：在城内响应，影响决战形势。⑦ 慰谕：劝慰。⑧ 樵舍：地名，在南昌北面。⑨ 风帆蔽江：船帆遮蔽江面，喻宁王兵众。⑩ 正兵：主力。⑪ 张两翼：从两侧包围。

二十四日早，贼兵鼓噪乘风而前，逼黄家渡[1]，其气骄甚。伍文定、余恩之兵佯北以致之[2]，贼争进趋利[3]，前后不相及。邢珣之兵前后横击，直贯其中[4]，贼败走。文定、恩督兵乘之，琏、德孺合势夹攻，四面伏兵亦呼噪并起，贼不知所为，遂大溃[5]。追奔十余里，擒斩二千余级，落水死者以万数。贼气大沮，引兵退保八字脑[6]。贼众稍稍遁散[7]，宁王震惧，乃身自激励将士[8]，赏其当先者以千金[9]，被伤者人百两[10]，使人尽发九江、南康守城之兵以益师。

是日，建昌知府曾玙引兵亦至[11]。臣以九江不破则湖兵终不敢越九江以援我[12]，南康不复则我兵亦不能逾南康以蹑贼，乃遣知府陈槐领兵四百，合饶州知府林城之兵乘间以攻九江[13]；知府曾玙领兵四百，合广信知府周朝佐之兵乘间以取南康[14]。

【注释】

① 黄家渡：地名。② 佯北：假装败退。致之：引敌人

来追赶。③趋利：谋利。④贯：插入。⑤大溃：溃败。⑥八字脑：地名。⑦遁散：逃离。⑧身自：亲自。⑨当先：冲锋在前。⑩被(pī)伤：受伤。⑪建昌：今江西南城。⑫湖兵：湖北方面的援兵。⑬饶州：今江西鄱阳。乘间：寻找机会。⑭广信府：今江西上饶。

二十五日，贼复并力盛气挑战[①]。时风势不便[②]，我兵少却[③]，死者数十人，臣急令人斩取先却者头。知府伍文定等立于铳炮之间[④]，火燎其须，不敢退，奋督各兵殊死并进[⑤]。炮及宁王舟，宁王退走，遂大败。擒斩二千余级[⑥]，溺水死者不计其数。贼复退保樵舍，连舟为方阵[⑦]，尽出其金银以赏士。臣乃夜督伍文定等为火攻之具，邢□击其左，徐琏、戴德孺出其右，余恩等各官分兵四伏，期火发而合[⑧]。

二十六日，宁王方朝群臣[⑨]，拘集所执三司各官[⑩]，责其间以不致死力、坐观成败者，将引出斩之[⑪]。争论未决，而我兵已奋击，四面而集，火及宁王副舟[⑫]，众遂奔散。宁王与妃嫔泣别，妃嫔宫人皆赴水死[⑬]。我兵遂执宁王并其世子、郡王、将军、仪宾[⑭]，及伪太师、国师、元帅、参赞、尚书、都督、都指挥、千百户等官李士实、刘养正、刘吉、屠钦、王纶、熊琼、卢珩、罗璜、丁馈、王春、吴十三、凌十一、秦荣、葛江、刘勋、何镗、王信、吴国、七火信等数百余人，被执胁从宫大监王宏、御史王金、主事金山、按察使杨璋、佥事王畴、潘鹏、参政程果、布政梁辰，都指挥郏文、马骥、白昂等。擒斩

贼党三千余级，落水死者约三万余，弃其衣甲器杖财物[15]，与浮尸积聚，横亘若洲焉[16]。

【注释】

① 并力：合力。② 不便：不利。③ 却：退却。④ 铳(chòng)炮：枪炮。⑤ 殊死：拼死。⑥ 级：首级。⑦ 方阵：方形的阵营。⑧ 期：等待。合：合围。⑨ 朝：会见。⑩ 三司：明代以各省都指挥使司（省级军事机构）、布政使司（省级地方行政机构）、按察使司（省级司法监察机构）为三司。此指宁王叛乱前的江西地方官员，叛乱中被宁王拘执，多数人被迫投降。⑪ 引出：押出。⑫ 副舟：侍从的船只。⑬ 赴水：投水。⑭ 世子：藩王的继承人，通常为嫡长子，此指宁王之子。郡王、将军：宁王亲族中被封为郡王、将军者。仪宾：明代宗室藩王的女婿，此指宁王之婿。⑮ 器杖：战斗用器具。⑯ 横亘(gèn)：横连。

于是余贼数百艘四散逃溃，臣复遣各官分路追剿，毋令逸入他境为患[1]。二十七日，及之于樵舍[2]，大破之。又破之于吴城[3]，擒斩复千余级，落水死者殆尽[4]。

二十八日，得知府陈槐等报，亦各与贼战于沿湖诸处，擒斩各千余级。

臣等既擒宁王而入，阖城内外[5]，军民聚观者以数万，欢呼之声，震动天地，莫不举首加额[6]，真若解倒悬之苦而出于水火之中也[7]。除将宁王并其世子、郡王、

将军、仪宾，伪授太师、国师、元帅、都督、都指挥等官各另监羁候解[8]，被胁从等官并各宗室别行议奏，及将擒斩俘获功次一万一千有奇，发御史谢源、伍希儒暂令审验纪录[9]，另行造册缴报外……窃照宁王烝淫奸暴[10]，腥秽彰闻[11]，贼杀善类，剥害细民[12]，数其罪恶，世所未有。不轨之谋[13]，已逾一纪[14]，积威所劫，远被四方。士夫虽在千里之外，皆蔽目摇手[15]，莫敢论其是非；小人虽在幽僻之中[16]，且吞声饮恨，不敢诉其冤抑[17]。兼又招纳叛亡，诱致剧贼渠魁如吴十三、凌十一之属[18]，牵引数千余众，召募四方武艺骁勇、力能拔树排关者亦万有余徒[19]。又使其党王春等分赍金银数万[20]，阴置奸徒于沧州、淮扬、山东、河南之间亦各数十[21]。比其起事之日[22]，从其护卫姻族[23]，连其党与朋私[24]，驱胁商旅军民，分遣其官属亲昵，使各募兵从行[25]，多者数千，少者数百，帆樯蔽江[26]，众号一十八万，其从之东下者实亦不下八九万余。且又矫称密旨，以胁制远近[27]；伪传檄谕[28]，以摇惑人心，故其举兵倡乱一月有余而四方震慑畏避[29]，皆谓其大事已定，莫敢抗义出身[30]，与之争衡从事[31]。抱节者仅坚城而自守[32]，忠愤者惟集兵以俟时[33]，非知谋忠义之不足[34]，其气焰使然也。臣以孱弱多病之质[35]，才不逮于凡庸[36]，知每失之迂缪[37]，当兹大变，辄敢冒非其任[38]，以行旅百数之卒，起事于颠沛危疑之中[39]，旬月之间[40]，遂能克复坚城，俘擒元恶[41]，以万余乌合之兵[42]，而破强寇十万之众，是固上天之阴骘[43]，宗社之默佑[44]，陛下之威灵[45]，而庙廊谋议诸臣消祸于将萌而预为之处[46]，见几于未动而潜为之制[47]：改臣提督[48]，使得扼制上流[49]，而凛然有虎豹在山之威；申明律例[50]，使人自为战，而翕然有臂指相使之形[51]；敕臣以及时策应[52]，不限以地，而隐然有常山首尾之势[53]。故臣得以不俟诏旨之下而调集数郡之兵、数郡之民，亦不待诏旨之督而自有以赴国家之难[54]，长驱越境，直捣穷追，不以非任为嫌[55]。是乃伏至险于无形之中[56]，藏不测于常制之外[57]。人徒见嬖奚之多获[58]，而不知王良之善御有以致之也[59]。然则今日之举，庙廊诸臣预谋早计之功，其又孰得而先之乎？

【注释】

①逸：逃窜。②及之：追赶到。③吴城：地名，在鄱阳湖边。④殆尽：几乎死尽。⑤阖（hé）城：全城。⑥举首加额：抬起头来，用手置于额上，表示对天的感谢与欢欣鼓舞。⑦倒悬：喻困苦危急。⑧监羁候解：关押着等候发送。⑨有奇：有余。审验：审讯检验。⑩照：查。烝（zhēng）淫：和上辈女性通奸。⑪腥秽：丑闻。彰：显著。⑫剥害：伤害。细民：平民百姓。⑬不轨之谋：谋反的企图。⑭一纪：十二年。⑮蔽目：闭目，喻不忍目睹。⑯小人：这里指军民。⑰冤抑：冤屈。⑱剧贼：大盗。渠魁：首领。⑲武艺：有武艺。排关：撞开关上的大门。⑳赍（jī）：携带。㉑沧州：今河北沧州。淮扬：今江苏扬州。㉒比：待到。㉓护卫：侍从将士。姻族：亲戚。㉔党与：党徒。朋私：以私利而勾结的朋友。㉕从行：随从起事。㉖樯：桅杆。㉗矫称密旨：宁王起兵时，假称奉有太后所下废除正德皇帝的秘密谕旨。㉘檄谕：文告。㉙倡乱：带头叛乱。㉚抗义：举义。出身：挺身而出。㉛争衡：对抗。㉜抱节：坚持

节操。㉝ 俟时：等候时机。㉞ 知谋：智谋。㉟ 孱(chán)弱：衰弱。质：体质。㊱ 不逮：不及。㊲ 迂缪：迂腐错谬。㊳ 冒非其任：冒失地担当起非其所应承担的责任。㊴ 危疑：危急疑惧。㊵ 旬月：一月。㊶ 元恶：首恶，指宁王。㊷ 乌合：临时集合。㊸ 阴骘(zhì)：出于《尚书·洪范》："惟天阴骘下民。"意为上天默默地安定人民。骘：为安定之意。㊹ 宗社：宗庙和社稷。宗庙，这里是指皇帝的祖先，社稷指土神和谷神。默佑：暗中保佑。㊺ 陛下：指明武宗，即正德皇帝。㊻ 庙廊：指朝廷。处：处理。㊼ 见几：明察事物细微的变化。制：制服。㊽ "改臣"句：改任臣为提督军务。也即命阳明为负责平叛的军事总指挥。㊾ 上流：吉安府在赣江上游。㊿ 律例：刑法的条文及成例。(51) 翕(xī)然：迅疾貌。臂指相使：以臂运指。(52) 敕(chì)：命令。策应：协同配合作战。(53) 常山首尾之势："常山蛇"阵法首尾相顾之势。《孙子·九地》："率然者，常山之蛇也。击其首则尾至，击其尾则首至，击其中则首尾俱至。"(54) 赴难：解救危难。(55) 非任：非其责任。(56) 伏：平息。至险：极险。(57) 不测：不可预料，出自《周易·系辞》："阴阳不测之谓神。"常制：正常的制度。(58) 嬖(bì)奚：春秋时晋国赵简子的幸臣。(59) 王良：当时善御马者，他为嬖奚驾车，猎获许多飞禽。

及照御史谢源、伍希儒监军督哨，谋画居多①，倡勇宣威，劳苦备尝。领哨知府伍文定、邢珣、徐琏、戴德孺、陈槐、曾玙、林瑊、周朝佐、署都指挥佥事余恩，分哨通判胡尧元、童琦、谈储，推官王玮、徐文英，知县李

楫、李美、王冕、王轼、刘源清、刘守绪、傅南乔，随哨通判杨昉、陈旦，指挥麻玺、高睿、孟俊，知县张淮、应恩、王庭、顾佖、万士贤、马津等，虽效绩输能②，亦有等列③，然皆首从义师，争赴国难，协谋并力，共收全功。其间若伍文定、邢珣、徐琏、戴德孺等，冒险冲锋，功烈尤懋④。乡官都御史王懋中，编修邹守益，御史张鳌山，郎中曾直，评事罗侨，佥事刘蓝，进士郭持平，驿丞王思、李中，按察使刘逊，参政黄绣，知府刘昭等，仗义兴兵⑤，协张威武，运筹赞画⑥，夹辅折冲⑦。以上各官功劳，虽在寻常征剿，亦已甚为难得，况当震恐摇惑，四方知勇莫敢一膺其锋⑧，而各官激烈忠愤，捐身殉国⑨，乃能若此。伏愿皇上论功朝锡之余⑩，普加爵赏旌擢⑪，以劝天下之忠义，以励将来之懦怯⑫。仍昭示天下，使知奸雄若宁王者，蓄其不轨之谋已十有余年，而发之旬月，辄就擒灭⑬，于以见天命之有在，神器之不可窥⑭，以定天下之志。尤愿皇上罢息巡幸⑮，建立国本⑯，端拱励精⑰，以承宗社之洪休⑱，以绝奸雄之觊觎⑲，则天下幸甚，臣等幸甚。缘系捷音事理⑳，为此具本㉑，专差千户王佐亲赍㉒，谨具题知㉓。

【注释】

① 居多：占多数。② 效绩：效劳。输能：贡献才能。③ 等列：差别。④ 功烈：功绩。懋(mào)：盛。⑤ 兴兵：起兵。⑥ 运筹：筹划。赞画：协同谋画。⑦ 夹辅：辅助。折冲：击退敌军。⑧ 膺(yīng)：胸，此指挺胸抵挡。⑨ 捐身：献身。殉国：为国牺牲。⑩ 朝锡：朝廷赏赐。⑪ 旌擢

(zhuó):升擢,提升。⑫ 励:勉励。懦怯:怯弱。⑬ 就:被。⑭ 神器:帝位。窥:窥视。⑮ 罢息:结束。巡幸:帝王出游。宁王叛乱发生后,武宗率军南下亲征,群臣均行劝阻。⑯ 国本:国家的根本。这里指太子。⑰ 端拱:端坐拱手,指帝王无为而治。励精:勤勉。⑱ 洪休:洪福。⑲ 觊(jì)觎(yú):非分的企求。⑳ 缘:因为。捷音:告捷。事理:事情原委。㉑ 本:奏疏。㉒ 千户:武官。亲赍:亲自带送此捷音疏。㉓ 知:照会,指通过有关部门上疏。

【翻译】

前几天因为宁王图谋危害国家,起兵叛乱,臣已经奏请朝廷发兵征讨。随后见到宁王暴虐的气焰嚣张,臣因为手下只有数百名疲弱的士兵,不敢轻举妄动,迅速进军,即退守吉安,暂且对叛军进行牵制。当时江西境内的军民,慑于宁王长期积累的威势,虽然心中愤恨,却都不敢出声反对。我一面带领吉安府的知府伍文定等调集军队、民众和各府县的捕快,召募了大批自各地前来报效的义勇之士,同时又奏请将途经江西赴京的监察御史谢源、伍希儒留用任职;一面邀请在家乡的本地籍官员,如都御史王懋中、编修邹守益、郎中曾直、评事罗侨、监察御史张鳌山、佥事刘蓝、进士郭持平,参谋驿丞王思、李中,按察使刘逊、参政黄绣、知府刘昭等人,与他们会面商议,互相激发忠义之心,并书写文告传送到远近各处,宣扬朝廷的深仁厚德,揭露宁王的罪恶。于是豪杰起来响应,人心这才开始奋发。

当时宁王扬言要先攻取南京,臣担心南京城尚无准备,恐怕为他所袭取,于是先在丰城布置疑兵,摆出要从南面进攻南昌的架势。所以宁王先派兵进攻南康、九江，而自己留守南昌，以防御臣率军前来。七月初二日，宁王探听到我军兵力尚未结集，就留下万余名兵卒在省城守备，亲自带兵出发，欲攻南京。臣这时昼夜催促各地军队，定于本月十五日到临江府的樟树镇会合，自己先带领伍文定等人的部队直抵该镇。于是知府戴德孺、徐琏、邢珣，通判胡尧元、童琦、谈储，推官王昕、徐文英，知县李美、李楫、王天与、王冕等各率本部人马先后到达。

七月十八日，官军进到丰城，划定了分头巡哨的路线，命令伍文定等部向南昌的广顺等七座城门发起进攻。这一天，得到情报，说宁王为了巩固省城的防备，在南昌城外的新旧坟厂间埋伏了千余人的队伍。臣即派遣奉新县知县刘守绪等乘夜色从小路前去袭击，打败了伏兵，以动摇城中的军心。十九日，官军从丰城县北的市汊镇出发。出发前各部举行誓师，申布朝廷征讨叛军的声威，再次揭露宁王的罪恶，士兵们无不切齿痛心，踊跃激奋。傍晚时分，各部一齐向南昌进军。到了二十日的黎明，官军各自进入预定的阵地。

在这之前，南昌的城防已组织得很严密，对付攻城用的滚木、石灰瓶、火炮、器械配备很齐全。自从臣派遣的部队击溃了新旧坟厂的伏兵，败兵都奔逃回城报告，已引起城中的惊恐。这时守城敌兵听说官军从四面骤然集中而至，更加震惊而失却斗志。我军乘城中人心动摇，呐喊着同时发起进攻，攀着云梯和绳索登上城墙，守城士兵都投降、奔逃，南昌就这样被收复了。官军擒获了留在城中的叛乱头目宜春王拱樤和伪太监万锐等千余人。宁王的眷属听说城破，在宫中放火自焚，大火延及王宫附近的居民房屋。

臣立即命令各官员分头救火，同时释放了被胁迫参加叛军的众人，封查了官署和仓库，严密防范稽查，以安抚城中军民。除了将擒斩叛军的立功人员情况交御史谢源、伍希儒暂行审验登记、及分兵四路紧随宁王的去向伺机擒拿，这些情况已于本月二十二日奏报外，官军在这一天又接到侦察报告，并从安庆被虏又逃回来的船民十多人处获知：宁王率叛军已于十六日开始围攻安庆，未能攻下。宁王亲自督率军士民伕运土填塞城壕，一心想把城攻下。这一天，有南昌守城的伪官差人赶到安庆报信，说赣州的王守仁已率军到达丰城，南昌城中军民震惊，请求宁王分兵回援。宁王听了大为恐慌，准备立即将船队撤回。伪太师李士实等劝阻，认为应该直接去攻南京，只要到南京登上了帝位，江西自然会归服。宁王没有答应，第二天就解除对安庆的围攻，移军到阮子江口停泊，共同商议，决定先拨兵二万回援江西，宁王自己也督率大军随后赶来。当初臣刚进驻丰城时，曾和各位官员商议如何行动，大家认为既然宁王正在围攻安庆，就应该发兵直逼安庆。臣却认为九江、南康均已被敌人占据，南昌城中又有数万敌兵，其中精锐部队也有万余人，粮食准备都很充足。官军前往安庆救援，宁王大军必然回兵与我死战，安庆守军人数有限，仅能自守，到时候必然不能出动至鄱阳湖助战，南昌守军再切断我粮道，九江、南康的敌兵联合起来前阻后追，其他地方的援军又不可得，事情就无法挽救了。现在官军突然集中于丰城，声威所及，南昌城中必然已经震动，因此而合力急攻南昌，就形势说必能攻破。只要攻破南昌，叛军即丧胆失气。宁王失去了根据地，势必回军来救，这样安庆的围困就不救而自解，官军以逸待劳，即可坐等擒捉宁王了。这时得到上述的报告，果然不出臣等所料。臣当即督同各位领兵知府，会同监军及倡义的各乡官等讨论抵御宁王军队的对策。多数人认为，宁王此时兵多势众，气焰所至，如火燎毛，而各地对江西的增援部队还没来到，宁王依仗其愤怒之气，集中其全部士兵合力来对付我军，我军势必难以支持，因此应暂时收兵入城，增强防御工事，坚守南昌，等待各地援军开到，然后再决定下一步的行动。臣却认为，宁王兵力虽然很强，来势又猛，但叛军经过之处，只不过靠焚掠屠杀的惨酷以胁迫远近百姓，并未真正遇到与他多方抗衡的劲敌。宁王鼓动煽惑部下的办法，是以得胜后的升官发财为引诱，现在出师不过半月就立即退兵，士卒必然动摇离散。官军如先派出精锐力量，乘叛军疲惫而归，中途拦截袭击，一旦挫其锋芒，就可使敌兵溃不成军。这就是先发制人可以挫败对方士气，攻击强敌的弱点可使强敌溃败的道理。

这天，抚州府的知府陈槐也领兵赶到，臣就派知府伍文定、邢珣、徐琏、戴德孺共率精兵五百人，分路并进，出其不意地攻击叛军。又派都指挥余恩领兵四百人，往来鄱阳湖上吸引敌军。而派知府陈槐，通判胡尧元、童琦、谈储，推官王暐、徐文英，知县李美、李楫、王冕、王轼、刘守绪、刘源清等，各领兵百余人，四面布置疑兵，设下埋伏，一等伍文定等所部和叛军交战，就四起合击。布置定当后，臣就又在南昌城中大规模地赈济民众。考虑到城中留有宗室、郡王、将军等人，或许会成为宁王的内应，发生变乱，就亲自前往劝慰晓谕，以安定他们的情绪。接着又出具告示：凡是受宁王逼迫而曾附从叛军的人，都不予问罪；虽然是曾经受过宁王官职的人，只要能逃回归顺，都可免死；凡是能杀贼前来投诚的人都有奖赏。并命令城内外居民及担任向导的人员，将以上各节四处传播，用以瓦解宁王党羽的人心。

二十三日，又得到情报：宁王的前锋部队已进逼至樵舍，敌军船队的风帆遮蔽了江面，前后有数十里长，人数无法计算。臣就分头督率各部，乘夜迅速行进，命令伍文定率主力在最前面，余恩领兵随后跟进，邢珣引兵绕到敌人背后，徐琏、戴德孺则从两侧迂回包抄，分散对方的兵力。

二十四日早晨，敌船乘风呐喊而来，直逼黄家渡，气势十分骄狂。伍文定、余恩的部队假装败退，以诱敌深入。敌船争先追赶，企图建功获利，前后不能相顾。这时邢珣率领的人马前后拦截，继而直插敌军，敌人败退。伍文定、余恩督兵追击，徐琏、戴德孺所部乘势夹击，四面伏兵也呐喊并进，叛军不知怎样抵挡，就大败奔溃。官军趁胜追击了十多里，擒获及斩杀敌兵二千余名，落水淹死的敌兵数万名。叛贼士气大沮，引兵退到八字脑防守。叛兵渐渐逃散，宁王大感震惧，只得亲自出面激励将士，赏给冲锋在前的兵士每人千金，受伤的兵士每人银子百两，派人把南康、九江的守城兵丁全部征发来补充部队。

这一天，建昌府知府曾玙也领兵到来。臣因九江如果不能收复，鄱阳湖北的援军就不能越过九江前来支援，南康如不能收复，则官军也不能越过南康前去歼敌，于是就派遣抚州知府陈槐领兵四百名，加上饶州知府林瑊统领的士兵，前去寻找机会进攻九江城；又派遣建昌知府曾玙领兵四百，加上广信知府周朝佐的人马，伺机进攻南康城。

二十五日，敌军又集合兵力，气势汹汹地前来挑战。当时风向对我方不利，交战后官军稍微后退，阵亡了数十人。臣急忙派人将最先退却的人斩首。知府伍文定等人站在炮火中指挥战斗，烟火燎烧了胡须，仍然不敢后退，奋勇地督责各船死战并进。这时，官军的火炮击中了宁王乘坐的大船，宁王连忙退避，于是叛军大败。官军擒获并斩杀共二千余名，淹死的敌兵无法统计。贼军又退往樵舍防守，将船连在一起排列成方阵，宁王将其金银财宝全拿出来赏赐将士。臣连夜督率伍文定等准备好火攻的用具，令邢珣率部从左侧出击，徐琏、戴德孺从右侧出击，余恩等各部分兵埋伏，等火攻一开始就四面合围。

二十六日，宁王正朝会群臣，并把其反叛时所抓获、已经降顺他的原江西三司各官拘禁起来，对其中战斗时不出死力、坐观成败的人大加指责，要将这些人推出去斩首。他们的争论还未结束，官军已奋起攻击，从四面向敌军围集，火烧着了宁王侍从的船只，宁王的部下顿时奔散。宁王与妃嫔们哭泣告别，妃嫔、宫人都投水自杀。我军遂俘获了宁王及其世子、郡王、将军、仪宾，以及伪太师、国师、元帅、参赞、尚书、都督、都指挥、千百户等官李士实、刘养正、刘吉、屠钦、王纶、熊琼、卢珩、罗璜、丁馈、王春、吴十三、凌十一、秦荣、葛江、刘勋、何镗、王信、吴国、七火信等数百余人，被拘执胁从的宫大监王宏、御史王金、主事金山、按察使杨璋、佥事王畴、潘鹏，参政程果、布政使梁辰，都指挥郏文、马骥、白昂等，擒获斩首的贼军党羽三千余人，落水淹死的人数约三万余，敌军丢弃的衣甲、兵器、财物和浮尸积聚横陈在江面，像水中的小岛。

于是，贼军残余的战船数百艘四散溃逃，臣即命令官军分头追截，不让敌兵窜入别处为害。二十七日，官军在樵舍赶上他们，大败敌船。接着又追赶到吴城，大破敌军，又擒拿斩杀敌兵千余名，其余的几乎都落水死了。

二十八日，臣得到知府陈槐等人的报告，前往攻打九江、南康的官军，和敌军于沿湖各处交战，也俘虏斩获了敌兵各千余人。

臣等既活捉宁王返回南昌，全城内外的军民来聚观的有数万人，欢呼的声音，震天动地，所有人都抬头望天，把手置于额上，就像被解除了倒悬着身体的痛苦、被从水火中救出来一般。接下来臣已将宁王和他的世子，以及郡王、将军、仪宾，伪授的太师、国师、元帅、都督、都指挥等官员分别加以监禁，等候解送；对其余被胁迫而随从的官员、宗室，另行陈奏其情况和处理意见；所有平叛中俘获斩敌的功劳，有一万一千多件，现由御史谢源和伍希儒暂行审验登记，造成清册上报……查宁王贪淫无道（连上辈亲属也不放过），奸险残暴，其腥臭秽恶久已传播远近。他残杀善良，伤害百姓，数说起他的罪状来，真是世上从来没有过的。宁王企图叛乱，已超过了十二年。他那长期积累的威焰所发挥的震慑作用，远达四方。士大夫即使在千里之外，对于他也都闭目摇手，不敢议论其是非。江西的百姓，虽然长期遭受宁王的迫害拘囚，也只能忍气吞声，把仇恨放在心里，不敢诉说冤屈。宁王又招纳叛逆、逃亡之徒，引诱罗致了大盗头目吴十三、凌十一之辈，又由他们引来徒众数千名；近年又召募了各处骁勇能武、力能拔树破门的人，也有数万名。宁王还曾派出党徒王春等人，分携金银数万两，在沧州、扬州、山东、河南等地暗置奸细各数十名。当他起兵叛乱时，率领着他的护卫亲戚，结连其党羽朋友，逼迫商旅军民供其驱遣，还分别派遣他的亲信部下，让他们到各地招募兵丁，跟他们一起造反，这些人招募到的多则数千名，少则数百名，以至乘坐的船只帆桅蔽江，其士兵号称有十八万之多，随他东下的人马，至少也有八九万人。宁王起事以后，伪称奉了皇太后的秘密旨令，胁迫压服远近的百姓，传布其公告命令以动摇惑乱人心。所以从他举兵倡乱一个多月以来，四方震恐畏避，都以为他大事已定，不敢挺身举义，与他斗争。地方官员抱有气节的人，也只能坚守城池；满怀忠愤的人，只能集合兵力以等候时机。这不是他们的智谋和忠义不足，而是宁王的气焰实在太盛了。臣是个孱弱多病的人，才干还及不上凡庸之辈，思考问题也常常失于迂腐错谬，这次遭遇如此重大的事变，却敢担当起超出自己职责的使命，以仅有的几百名正在旅途中的士卒，在颠沛劳顿、危难疑惧中起事，用一个月的时间，就得以克复坚固的江西省城，活捉元凶，以万余名临时召集起来的兵卒，打败了十余万强寇，这固然是上天在默默地使人民安定，是依靠着先皇和谷神、土神的默佑，依靠着陛下的威德和非凡的智慧；而朝廷中参预谋议的各位大臣，将祸患消灭于刚刚萌发之时，预先作出处置，察见细微迹象于事变之先，而暗中加以制止，也起了很大的作用。具体地说，改任我为提督，使得官军能够成功地控制上游，凛然有虎豹在山的威风；申明了赏罚的律例，使得人人能自动奋勇杀敌，在平叛部队中迅速造成了如同手臂和手指相互辅助的形势；命令我及时调遣有关部队，不限地域，使得整个平叛部队隐然具有如同常山之蛇首尾相应的优势。所以我可以不等奉到诏旨，就调集数郡的官军和民力；也可以不等奉到诏旨的督促，就自动地奔赴国难，带兵长驱，不受行政区划的限制，直捣穷追，而不以超出权限为顾虑。这就是朝廷大臣在无形中平息了最大的凶险，在常规的措施之外藏有别人难以想象的奥妙。人们只看见嬖奚猎获了许多飞禽，却不知这是由于王良出色地驾驭了马车所带来的。所以，今天取得的胜利，朝廷大臣预先谋划定计的功绩，又有谁比得过呢？

臣又查得，御史谢源、何希儒负责监军并监督哨探，谋划多出于他们，倡导勇敢，宣扬朝廷恩威，备尝劳苦。带领队伍的知府伍文定、邢珣、徐琏、戴德孺、陈槐、曾玙、林瑊、周朝佐，署都指挥佥事余恩，分领队伍的通判胡尧元、童琦、谈储，推官王暐、徐文英，知县李楫、李美、卫冕、王轼、刘源清、刘守绪、傅南乔，随队行动的通判杨昉、陈旦，指挥麻玺、高睿、孟俊，知县张淮、应恩、王庭、顾佖、万士贤、马津等官，虽然其功绩和才能各有高低，但都率先参加了讨伐宁王的义师，争赴国难，献谋协力，共同争取了胜利。其中如伍文定、邢珣、徐琏、戴德孺等官，冲锋冒险，功绩尤其突出。在籍的乡官都御史王懋中，编修邹守益，御史张鳌山，郎中曾直，评事罗侨，佥事刘蓝，进士郭持平，驿丞王思、李中，按察使刘逊，参政黄绣，知府刘昭等人，仗义起兵，协助官军增大威武，协同谋划，辅助作战。以上各官的功劳，虽属平常征剿，也已甚为难得。何况当四方震恐动摇之时，智勇之人不敢挺身而出，抵挡其锋，而以上各位官员却竟能如此地满腔忠愤，舍身报国。所以臣恳求朝廷论功行赏之时，对他们能普遍地加以赏赐和提升，以鼓励天下的忠义之士，并激励今后的懦怯之人。臣还希望朝廷能明告天下，使百姓了解到，像宁王这样的奸雄，蓄谋叛乱已十余年，而一旦发难，不过个把月就身遭擒灭，这正可证明天命的所在，帝位不容窃取，借此以安定天下人民的心志。臣更盼望皇上结束巡幸，建立国家的根本，无为而治，勤勉政事，以承受祖宗、神灵所赐的洪福，断绝野心家篡政的企图。皇上如能做到这样，就是天下百姓的大幸，也是我们做臣子的大幸。因为报告捷音，特作此奏疏，专门派千户王佐奉上，敬谨奏报皇上知道。

因雨和杜韵[1]

本篇是阳明赴戍途中的思乡之作。夜雨草堂，秋意满怀，诗人独处异乡听雨，怀古抚今，心中有无限的感慨，忽忆少年时在故乡耕钓情景，思乡之情，充满胸臆。

晚堂疏雨暗柴门[2]，忽入残荷泻石盆[3]。万里沧江生白发[4]，几人灯火坐黄昏。客途最觉秋先到[5]，荒径惟怜菊尚存[6]。却忆故园耕钓处[7]，短蓑长笛下江村[8]。

【注释】

① 和杜韵：用唐人杜甫诗的韵部作诗，此疑用杜诗《咏怀古迹·其三》“群山万壑赴荆门”诗韵。② 晚堂：傍晚时的草堂。柴门：树枝编织的门。③ 残荷：秋天残败的荷叶。泻石盆：喻雨势滂沱，如石盆倾泻。④ 沧江：青黄色的江水。万里沧江，指流离至远方。⑤ 客途：旅途。⑥ 荒径：荒草丛生的小径。⑦ 却忆：忽忆。故园：故乡的田园。耕钓：耕田与垂钓，指诗人出仕前在家乡的生活。⑧ 短蓑：为方便劳动的短式蓑衣。下：临近。

【翻译】

暮雨稀疏地敲打着，
愈益昏暗的草堂柴门。
突然骤急地扑入残荷，
如同石盆倾泻、水珠翻滚。
跨越万里江河的游子已生白发，
几人能伴着灯火聚坐在黄昏！
飘泊者的心中秋天早就来到，
却还怜爱着菊花残存于荒径。
忽然想起故乡的耕钓情景：
披着短蓑吹着长笛返回江村。

罗 旧 驿

本诗为阳明赴戍途经罗旧驿时所作。诗人身遭仕途风波，远谪西南，艰苦疲惫中，不觉冬去春来，举目黔贵风光，心情忧喜参半。

客行日日万峰头，山水南来亦胜游①，布谷鸟啼村雨暗②，刺桐花暝石溪幽③。蛮烟喜过青杨瘴④，乡思愁经芳杜洲⑤。身在夜郎家万里⑥，五云天北是神州⑦。

【注释】

① 胜游：壮丽的游览。② 布谷鸟：春夏之间的野鸟，以鸣声催人播谷得名。③ 刺桐：桐树，叶小，花黄或紫，早春开花，西南多见。暝(míng)：昏暗。此指花树遮盖山路。④ 蛮烟：西南地区的烟雾。青杨瘴：春季杨树抽条时形成的瘴气，能导致一种传染病。⑤ 芳杜洲：长满芳草杜若的水洲。这在阳明家乡江南常见，但在当地也有。杜：杜若，香草名，因其芬芳，故称芳杜。⑥ 夜郎：汉代西南地区的一个古国名，一般认为在今贵州西北桐梓一带。⑦ 五云天：布满五彩云霞的天空。神州：中原大地。

【翻译】

异乡跋涉，
天天在无穷的坡间峰头。
南行以来的山山水水，
使我感到这也是美妙的远游。
在布谷鸟的啼声中，
山村春雨凄迷，
繁密的刺槐花遮蔽日光，
山溪更为清幽。
在蛮荒的烟雾里行进，
幸而已过了青杨瘴流行的节候。
被缠绵的乡思困扰着，
我害怕经过芬芳的杜若州。
置身在夜郎离家已经万里，
布满五彩云霞的天空北端就是神州。

兴隆卫书壁[1]

本诗为正德三年(1508)阳明赴戍途中所作。阳明从上年冬日由江南起程,到达贵州兴隆卫时已至暮春。目的地虽将到达,但跋山涉水,一路辛劳,离中原越行越远,满目异乡风光,缅怀京中师友,感慨书信难通,心中不禁生出愁绪。

山城高下见楼台,野戍参差暮角催[2]。贵竹路从峰顶入[3],夜郎人自日边来[4]。莺花夹道惊春老[5],雉堞连云向晚开[6]。尺素屡题还屡掷[7],衡南那有雁飞回[8]。

【注释】

① 兴隆卫:即今贵州黄平县治,明代在此设卫所驻军,建有城堡。书壁:题写在壁间的诗文。古人喜欢在客舍旅亭壁间题诗,以抒发旅途情怀。② 野戍:边远地区驻军的营垒。暮角:暮色中传来的军营号角声。③ 贵竹:贵筑,贵筑长官司所在地。④ 日边:指京城。⑤ 惊:惊讶。春老:春意已深。⑥ 雉堞(zhì dié):卫所营垒的城墙。开:城

门开启。⑦ 尺素：一尺长的生绢，古人写文章或书信所用，此指给师友的书信。掷：扔弃。⑧ 衡南：衡山以南。传说大雁南飞，至衡山而回。兴隆远在衡山以南，不见大雁，故无法托雁传递书信。

【翻译】

高低不齐的山城墙垣间楼台隐隐，
边野驻军那参差的角声伴着黄昏。
前往贵筑的山路蜿蜒伸入峰顶，
远来夜郎的戍客是从京师启程。
满路的山花鸟鸣提醒人春色已深，
高耸的城堡在薄暮时还开着门。
洁白的信笺多少次写了又扔下，
衡山以南哪里还能有大雁报讯。

猗　猗

本篇是阳明在龙场时咏松竹之诗。松竹历来被人比作意志坚贞的形象，诗人则借隔崖生长的松竹，喻志同道合的友人因“人事多翻复”而分离，寄寓对师友的怀念之情。“唯应岁寒意，随处还当同”，则是对自己和友人坚持气节、不移忠贞的勉励。

猗猗涧边竹①，青青岩畔松②。直干历冰雪③，密叶留清风④。自期永相托⑤，云壑无违踪⑥。如何两分植，憔悴叹西东⑦。人事多翻覆⑧，有如道上蓬⑨。惟应岁寒意⑩，随处还当同。

【注释】

① 猗(yǐ)猗：竹枝临风摇曳貌。涧：山溪。② 岩畔：崖壁。③ 直干：挺立的竹竿。历：经历。④ 密叶：茂密的松针。⑤ 自期：各自期许。托：依托。⑥ 云壑：云烟弥漫的山谷。违踪：踪迹分离。⑦ 西东：隔山相望。憔悴：愁损貌。⑧ 翻复：变迁。⑨ 道上蓬：路边随风飞扬的蓬草，喻身不由己。⑩ 岁寒：《论语·子罕》：“岁寒，然后知松柏之后凋

也。”指历尽磨难仍不改初衷。

【翻译】

涧边临风摇曳的翠竹，
崖壁枝叶青青的苍松。
竹竿挺立饱经冰雪，
松枝茂密留住清风。
本来期望长相依托，
屹立云山不离影踪。
为何却分植在两山，
你西我东憔悴不相逢。
世间人事翻复多变，
飘荡有如道上飞蓬。
唯有经历严寒而不凋的气节，
不论到何处仍应相同。

初至龙场无所止结草庵居之[①]

阳明刚到达龙场驿时，生活艰苦，无处安身，自己动手在山坡上搭成一座草棚以居住。草棚低矮，不蔽风雨，周围草木丛生，野兽出没，极为荒野。诗人随遇而安，对生活仍充满信心。

草庵不及肩[②]，旅倦体方适[③]。开棘自成篱[④]，土阶漫无级[⑤]。迎风亦潇疏[⑥]，漏雨易补缉[⑦]。灵濑向朝湍[⑧]，深林凝暮色[⑨]。群獠环聚讯[⑩]，语庞意颇质[⑪]。鹿豕且同游[⑫]，兹类犹人属[⑬]。污樽映瓦豆[⑭]，尽醉不知夕。缅怀黄唐化[⑮]，略称茅次迹[⑯]。

【注释】

① 初至龙场：阳明于正德三年春夏之交抵达龙场驿。无所止：无处居住。结：搭。草庵：草棚。② 及肩：高与肩齐。③ 适：舒适。④ 开棘：斩除草棘。⑤ 土阶：山坡上的台阶。无级：高低不规则。⑥ 潇疏：草棚透风之声。⑦ 补缉(qì)：修补。⑧ 灵濑(lài)：山间清澈的溪流。湍(tuān)：水疾貌。⑨ 凝：凝结。暮色：指林木深幽阴森，整日如同傍晚光景。⑩ 獠(liáo)：土著居民。环聚讯：围拢前来问候。⑪

庞：庞杂，指言语不通。质：质朴厚道。⑫ 鹿豕（shǐ）：山鹿野猪。⑬ 兹类：指土人。人属：人类的一种。⑭ 污樽：污秽的酒杯。瓦豆：瓦制的盛器。⑮ 黄唐化：古代黄帝、唐尧时代的生活风俗。⑯ 略称：相似。茅次：茅草屋，又作茅茨。

【翻译】

低矮的草棚高不容肩，
疲劳的旅人正感舒适。
斩除丛棘留下一圈当篱墙，
开凿的土阶高低不齐。
草棚迎风响声瑟瑟，
遇雨屋漏也易修理。
山泉湍急清晨喧响，
林木阴森昼不见日。
附近的土人聚拢来问候，
话语虽嘈杂情意却质实。
山鹿野猪尚且可作为同伴，
何况苗民本是人类的一支。
用这污秽的酒壶和瓦盆，
痛饮尽醉不管夜深几时。
怀想黄帝唐尧时的生活，
和这草棚情景大约相似。

书 庭 蕉

本篇是阳明在龙场题写于芭蕉叶上之诗。蕉叶题诗,是古人的一种雅尚,阳明居处的庭院中芭蕉成林,故以此为题。诗人引用“蕉鹿为梦”的典故,借喻人世得失的虚幻,表达了热爱自然、淡忘名利的情趣。

檐前蕉叶绿成林①,长夏全无暑气侵②。但得雨声连夜静,不妨月色半床阴③。新诗旧叶题将满,老芰疏梧根共深。莫笑④郑人谈讼鹿⑤,至今醒梦两难寻⑥。

【注释】

① 檐前:屋檐前。② 长夏:漫长的夏日。③ 半床阴:月色入屋,室内半明半阴,因而床上也另有一半能照到月光。④ 老芰(jì):老荷。疏梧:枝叶疏朗的梧桐树。⑤ 郑人谈讼鹿:故事见于《列子·周穆王》,郑国有位农夫在野外砍柴,打死一头鹿,恐人发现,用芭蕉叶遮住死鹿,但后来因找不到藏鹿处,就将此事疑为梦中所见。讼:争辩。⑥ 醒梦:或醒或梦。难寻:寻不见鹿,喻自己的理想未能实现。

【翻译】

庭中的芭蕉绿荫如林，
漫长的夏日炎暑不侵。
如能终夜不闻雨声，
何妨月光只照半床明。
新诗已将蕉叶题满，
老荷梧桐都有深根。
莫笑郑人找不见蕉鹿，
今人醒着梦着都难追寻。

别湛甘泉①

本篇是阳明为好友湛若水送别所作。湛若水奉命出使安南(今越南),路途险远,责任重大,送行之时,依依难舍。明代奉使至安南的使臣,时常被杀或扣留,但臣子受命远行,不容反顾,诗人为此忧心忡忡。

行子朝欲发②,驱车不得留。驱车下长坂③,顾见城东楼④。远别情已惨⑤,况此艰难秋⑥。分手诀河梁⑦,涕下不可收。车行望渐杳⑧,飞埃越层丘⑨。迟回歧路侧⑩,孰知我心忧⑪。

【注释】

① 湛甘泉:名若水,广东增城人,曾与阳明同讲学,后虽各立宗旨,人称王学、湛学,两人交谊却极深厚,湛甘泉出使安南在正德六年。② 行子:出行者。③ 长坂:高坡。④ 顾见:远望。城东楼,京城东门的城楼。诗人不忍遽别,故登楼远眺去车。⑤ 惨:惨痛。⑥ 艰难秋:艰难的时势。⑦ 诀:诀别,长别。河梁:河上之桥,古人常在河桥相别,如古诗"携手上河梁,游子暮何之"。⑧ 杳(yǎo):不见

踪影。⑨ 飞埃：车行时飞起的尘埃。层丘：层叠的山丘。⑩ 迟回：迟迟地徘徊。歧路：岔路口，指与远行人分手处。⑪ 孰：谁。

【翻译】

使者清晨出发，
驱车不容停留。
车儿驶下高坡，
回头望断城东高楼。
远别情怀本够凄惨，
况正遇到多事之秋。
在河梁上彼此诀别，
涕泪涟涟不可收。
车去越望越远，
尘埃飞越山丘。
徘徊岔道之侧，
路人谁知我忧。

龙潭夜坐①

本诗为正德九年(1514)春阳明于滁州任上所作,时年四十三岁。阳明在正德八年被任为南京太仆寺少卿,因督理马政至滁州,公务之余,时与师友游览当地名胜琅琊山、龙潭等处,并和学生随处讨论学问,相互启发,心情十分愉快。

何处花香入夜清,石林茅屋隔溪声②。幽人月出每孤往③,栖鸟山空时一鸣④。草露不辞芒履湿⑤,松风偏与葛衣轻⑥。临流欲写猗兰意⑦,江北江南无限情⑧。

【注释】

① 龙潭:在滁州境内,景色清幽。② 石林:潭边的石笋。隔溪声:静坐潭边,不闻溪声。③ 幽人:远离尘嚣的人,常指隐士。孤往:独自前往。④ 栖鸟:宿鸟。时:不时。⑤ 不辞:不顾。芒履:草鞋。⑥ 偏与:偏使。葛衣:葛布之衣。⑦ 临流:临水。猗兰:婀娜的兰草。孔子曾作《猗兰操》琴曲。⑧ 此句诗人怀念远近师友。

【翻译】

夜深何处传来花香阵阵，
石笋茅屋隔断了溪水声。
每逢月出幽人独往潭边，
空山中的宿鸟偶尔长鸣。
草露沾湿了夜行草鞋，
松风飘拂那葛衣轻轻。
水畔想写出香兰的幽韵，
遥望江南江北无限深情。

编 后 记

2011年我社出版了“古代文史名著选译丛书(134种)”,该丛书是由全国高校古籍整理委员会主持,汇集北京大学、复旦大学等十八所高校古籍所专家学者力量完成的一部高水平、高质量的传统文化普及读物。出版后也得到了读者认可,获得业内好评。

该丛书于2016年入选国家新闻出版广电总局评选的“首届向全国推荐中华优秀传统文化普及图书”名单。为了更好地传播优秀传统文化,我们从中精选了30种文史经典,重新修订、设计,作为珍藏版呈现给读者。

中华优秀传统文化不仅是中华民族的宝贵财富,也是中华民族的精神家园。凤凰出版社谨向为本丛书的编辑出版付出巨大心血的专家学者致以崇高敬意!

古代文史名著选译丛书（珍藏版）书目

书名	译注者	审阅者
论语注译	孙钦善	宗福邦
老子注译	张玉春　金国泰	安平秋
庄子选译	马美信	章培恒
孟子选译	刘聿鑫　刘晓东	黄　葵
荀子选译	雪　克　王云路	董治安　许嘉璐
诗经选译	程俊英　蒋见元	刘仁清
楚辞选译	徐建华　金舒年	金开诚
左传选译	陈世铙	董治安
史记选译	李国祥　李长弓　张三夕	安平秋
汉书选译	张世俊　任巧珍	李国祥
后汉书选译	李国祥　杨　昶　彭益林	许嘉璐
三国志选译	刘　琳	黄　葵
资治通鉴选译	李　庆	黄永年
文心雕龙选译	周振甫	黄永年
世说新语选译	柳士镇　钱南秀	周勋初
颜氏家训选译	黄永年	许嘉璐
陶渊明诗文选译	谢先俊　王勋敏	平慧善
李白诗选译	詹　锳等	章培恒
杜甫诗选译	倪其心　吴　鸥	黄永年
李商隐诗选译	陈永正	倪其心
王维诗选译	邓安生　刘　畅　杨永明	倪其心
苏轼诗文词选译	曾枣庄　曾　弢	章培恒
李清照诗文词选译	平慧善	马樟根
辛弃疾词选译	杨　忠	刘烈茂
王阳明诗文选译	吴　格	章培恒
唐才子传选译	张　萍　陆三强	黄永年
徐霞客游记选译	周晓薇　马雪芹　焦　杰	黄永年　马樟根
阅微草堂笔记选译	黄国声	安平秋
西厢记选译	王立言	董治安
聊斋志异选译	刘烈茂　欧阳世昌	章培恒